Johann Peter Hebel

**Allemannische Gedichte**

Johann Peter Hebel

**Allemannische Gedichte**

ISBN/EAN: 9783743360921

Hergestellt in Europa, USA, Kanada, Australien, Japan

Cover: Foto ©Andreas Hilbeck / pixelio.de

Manufactured and distributed by brebook publishing software (www.brebook.com)

Johann Peter Hebel

**Allemannische Gedichte**

# Hebel's

# Allemannische Gedichte.

# Allemannische Gedichte

von

J. P. Hebel.

Berlin,
G. Grote'sche Verlagsbuchhandlung
1873.

# Inhaltsverzeichniss.

## Erste Abtheilung.

|  | Seite |
|---|---|
| Die Wiese | 1 |
| Freude in Ehren | 8 |
| Die Irrlichter | 8 |
| Der Schmelzofen | 10 |
| Der Morgenstern | 14 |
| Der Karfunkel | 16 |
| Das Hexlein | 21 |
| Der Mann im Mond | 22 |
| Die Marktweiber in der Stadt | 23 |
| Der Sommerabend | 25 |
| Die Mutter am Christabend | 27 |
| Eine Frage | 29 |
| Noch eine Frage | 31 |
| Gespenst an der Kanderer Straße | 32 |
| Der Käfer | 33 |
| Der Statthalter von Schopfheim | 34 |
| Der Schreinergesell | 40 |
| Hans und Verene | 40 |
| Der Winter | 42 |
| Das Habermuß | 43 |
| Wächterruf | 46 |
| Der Bettler | 47 |
| Der Storch | 48 |
| Sonntagsfrühe | 50 |
| Auf einem Grabe | 52 |
| Der Wächter in der Mitternacht | 53 |
| Der zufriedene Landmann | 56 |
| Die Vergänglichkeit | 57 |
| Der Jenner | 61 |
| Der Knabe im Erdbeerschlag | 63 |
| Das Spinnlein | 63 |
| Der Wegweiser | 65 |

## Zweite Abtheilung.

| | Seite |
|---|---|
| An den Geheimerath v. Ittner | 67 |
| Die Feldhüter | 68 |
| Des neuen Jahres Morgengruß | 71 |
| Geisterbesuch auf dem Feldberg | 73 |
| Erinnerung an Basel | 77 |
| Auf die Insel bei Obelshofen | 78 |
| Die Ueberraschung im Garten | 80 |
| Riedligers Tochter | 82 |
| Die glückliche Frau | 85 |
| Agatha, an der Bahre des Pathen | 87 |
| Das Gewitter | 87 |
| Der Geist in der Neujahrsnacht | 89 |
| Die Hauensteiner Bauernhochzeit | 91 |
| Der Abendstern | 92 |
| Der Sperling am Fenster | 94 |
| An C. L. | 95 |
| Die Häfnet-Jungfrau | 95 |
| An den Rechnungsrath Gysser | 97 |

| | Seite | | Seite |
|---|---|---|---|
| Der Schwarzwälder im Breisgau | 99 | An eine Freundin bei Uebersendung einer Anzahl Räthsel u. Charaden | 105 |
| Der allzeitvergnügte Tabakraucher | 100 | | |
| Auf den Tod eines Zechers . . . | 101 | Dem aufrichtigen u. wohlerfahrenen Schweizerboten an seinem Hochzeittage . . . . . . . . . | 105 |
| Des rheinländischen Hausfreundes Danksagung an Pfarrer Jäck in Tryberg . . . . . . . . | 101 | | |
| | | Zu einer Bittschrift . . . . . | 107 |
| Epistel an den Pfarrer Güntert zu Weil . . . . . . . . | 102 | Der Ehrentag Carl Friedrichs, Markgrafen zu Baden . | 107 |

# Vorrede,
## zur
## ersten Auflage der Allemannischen Gedichte.

Der Dialekt, in welchem diese Gedichte verfaßt sind, mag ihre Benennung rechtfertigen. Er herrscht in dem Winkel des Rheins zwischen dem Frickthal und ehemaligen Sundgau, und weiterhin in mancherlei Abwandlungen bis an die Vogesen und Alpen und über den Schwarzwald hin in einem großen Theil von Schwaben. Für Freunde ländlicher Natur und Sitten eignet diese Gedichte ihr Inhalt und ihre Manier. Wenn Leser von höherer Bildung sie nicht ganz unbefriedigt aus den Händen legen, und dem Volk das Wahre, Gute und Schöne mit den heimischen und vertrauten Bildern lebendiger und wirksamer in die Seele geht, so ist der Wunsch des Verfassers erreicht.

Leser, die mit der Sprachweise nicht ganz bekannt sind, werden folgende wenige grammatikalische Bemerkungen nicht überflüssig finden. Das u und ü vor einem h, dem wieder ein Vocal folgt oder folgen sollte, geht in die Triphthongen ueih und üeih über, und diese Form ist also im Metrum immer einsilbig. Z. B. früeih, frühe. — Beide Artikel werden meist abgekürzt, tonlos, und in der Aussprache wahre Präfixa des Substantivs oder Suffixa der Präposition. Hie und da schien es unvermeidlich, sie als solche auch in dem Texte auszudrücken, z. B. Uffeme, auf einem; Anere, an einer. — Der Accusativ des Singulars ist auch bei den Masculinis dem Nominativ gleich, z. B. der Tag, der und den Tag. Der Dativ des Singulars wird bei den Masculinis und Neutris, bisweilen auch Femininis, durch die Präposition in bezeichnet. Z. B. im Liecht, imme Liecht, dem, einem Licht; innere (in einer) Frau, einer Frau. — Das absolute Pronomen Ich lautet im Nominativ des Pluralis wie der Dativ des Singulars Mir; auch Du; häufiger Dir als Ihr. Sich im Neutrum heißt bisweilen Ihns. Aber überall werden die Personalpronomina und das unbeſtimmte m a n, wenn ſie keinen Nachdruck oder Gegenſatz haben, wie der Artikel, abgekürzt und wahre Präfixa oder Suffixa der nächſten Wörter, letztere, wenn alsdann zwei Vocale zuſammenkämen, mit einem eingeſchobenen n. S a g i, ſage ich; W o n i, wo ich; Wennd' und Wennde, wenn du; Wemme, wenn man; Sagmer, ſage mir; Denkder, denke dir; Bringem, Bringere, bring ihm, ihr; Sägemer, ſagen wir; Sägetder, ſaget ihr; Sie zeigenis, zeigen uns; Zeigenich, zeiget euch; Zuenis, zu uns; Zuenich, zu Euch; Sägene, ſage ihnen; Sägider, ſage ich dir; Sägi'm, ſage ich ihm ꝛc. Indeſſen ſind dieſe Anhängwörter, um dem Texte nicht ein zu fremdes Anſehen zu geben, auch in ihrer veränderten und abge=kürzten Form faſt überall getrennt geſchrieben, wenn nicht Ausſprache oder Deutlichkeit die Verbindung zu erfordern ſchien.

Das Gloſſarium am Ende enthält die in den Gedichten vor=kommenden Idiotismen und ungewöhnlichen Formen des Dialekts, verglichen mit (Sch.) Scherzii Glossarium Germanicum medii aevi. (Id.) Verſuch eines ſchwäbiſchen Idiotikon von Schmidt. (Ad.) Ade=lungs Wörterbuch der hochdeutſchen Mundart und andern. Hie und da ſind paſſende Belege aus (Par.) Paraphrasis N. T. Zürich (ohne Jahrzahl) ꝛc. unterlegt worden. Die Abſicht des Verfaſſers war, theils ſolchen Leſern, die manche Ausdrücke nicht kennen möchten, mit der Erklärung entgegen zu kommen, theils einheimiſche, die in der Sprache ihrer Landsleute nur eine Entſtellung und Mißhandlung des gut=deutſchen Ausdrucks finden, an einzelnen Beiſpielen auf das Alter und die Ableitung ihrer eigenthümlichen Wörter aufmerkſam zu machen. Beide Theile werden es daher gerne verzeihen, wenn jeder von ihnen Manches finden wird, was er ſchon lange wußte, Manches, was er nicht zu wiſſen verlangt. Vielleicht findet hie und da auch der Sprach=forſcher etwas der Aufmerkſamkeit werth.

**J. P. Hebel.**

# Worterklärungen
## zu
## dem Texte der allemannischen Gedichte.

### A.

**Acke,** der Nacken.
**Aetti,** Vater. Altdeutsch: Atta. Atta unsar, im gothischen Vater unser. Jd. Atti, Aette.
**Afange,** verb. anfangen. Aber afange, adv. endlich, nach und nach.
**Agle,** subst. plur. steife, stechende Spitzen, z. B. an den Aehren. Aculei Sch. Agle, Agel. Jd. Achel.
**Alber,** Ober (auf dem Wald). Sch. Ald. Adler, Alt.
**Almig,** ehemals.
**Ane,** hin. Woane? wohin?
**Anke,** frische Butter. Altdeutsch: Anka.
**Arfel,** subst. ein Arm voll. Aerfeli, deminut.
**As,** als. Aß, daß.

### B.

**Bah,** 1) Bahn, 2) Bann, Gemarkung.
**Balge,** Vorwürfe machen. Altdeutsch: zürnen; von Balg, Zorn. Sch. Balg, stomachus. Balgen, irasci, iurgari.
**Bammert,** Feldhüter, Bannwart. Sch. Bannwarth, Custos banni.
**Baschge,** verb. neut. Im Ringen die Kräfte gegen einander messen, act. bezwingen. Jd. schmettern, zwingen.
**Basseltang,** Kurzweil. Passe le temps.
**Batte,** nützen, fruchten. Goth. Botan, verwandt mit Baß, Besser.
**Baum,** außer den gewöhnlichen Bedeutungen, bei einem gewissen Kartenspiel der Valet in Treffle, Kreuz dem Baum, Herausforderung dieser Karte durch ein ausgespieltes Treffle-Blatt.
**Bause,** aufgeblasen sein, daher: großthun. Verbausen, verschwenden. Das Primitiv zu verbutzen, wie Chraue zu Chratze (Kratzen), Bause zu Bitze 2c. Sch. Baussen, largiter potare.
**Bederthalbe,** adv. auf beiden Seiten. Daher: Bederthalbe, subst. ein Zwerch=sack. Von Beide und Halb, altdeutsch: die Seite.

**Belche,** subst. propr. Hoher Berg des Schwarzwaldgebirges im Breisgau. (Auch Schweiz und Elsaß haben Belchen.) Sch. Belch. Boelchen, cacumina montium. Nach Ab. von Berg, durch Verwechslung des r und l, wie Kirche und Chilche.

**Bis.** Imperativ zu Sein. Sei!

**Bitzeli,** wenig.

**Bluest,** Blüthe. Bi'm Bluest! Eine mißstellte Betheuerungsformel, dann ein Ausdruck der Verwunderung, besonders bei unangenehmen Ueberraschungen. Eigentlich: Bei dem Blut (des Sacraments)! wie: Bi Gost!

**Bohle,** werfen. βαλλειν. Sch. Pollen, Polen, projicere.

**Bosge,** eine Bosheit verüben. Jb.

**Bosget,** Bosheit, auch im unschuldigen Sinn, Muthwille.

**Brenz,** subst. masc. Branntewein. Gebranntes.

**Briegge,** weinen. Βρυχειν, Βρυχμος?

**Briggem,** Bräutigam. (Basel.)

**Bringe,** 1) bringen, 2) zutrinken.

**Bröf'll,** Brodsamen.

**Bruttle,** verb. 1) mit dem Hilfswort haben: Halblaut reden, besonders im Unwillen. 2) mit sein: Halblaut redend fortgehen.

**B'scheid,** Bescheid. B'scheid thue, einen zugebotenen Trunk annehmen.

**B'schieße,** zureichen, sättigen, gedeihlichen Fortgang haben. Par. Joh. 6. Was erscheußt das unter so viele? Sch. Beschiessen, proficere.

**Bueßli,** Zehnkreuzerstück. Piece.

**Bugg,** Hügel.

**Bühni,** 1) obere Decke des Zimmers; 2) der oberste Boden des Hauses; 3) Raum zwischen demselben und dem Dache.

**Bunte,** Pfropfer, Spunte. Sch. Punten.

**Busper,** munter, besonders von Vögeln. Etwa so viel als buschbar, wenn die Hecken buschig werden und die Vögel nisten?

**Butsche,** mit dumpfem Ton anstoßen.

**Büttene,** großes hölzernes Gefäß zum Einsalzen des Fleisches ꝛc. Von Bute, Sch. Butten.

## C.

**Carfunkel,** 1) jeder rothe Stein von Glanz; 2) rother Ausschlag im Gesicht.

**Cheri,** Reihe, Ordnung dessen, was regelmäßig wieder kommt. Daher: Die Cheri, Diesmal. En anderi Cheri, ein andermal. Von Kehren.

**Chetteneblume,** Kettenblume. Leontodon taraxacum Lin.

**Chib,** Neid, Verdruß, auch Feindschaft. Daher: Chibe, verb. verwandt mit Keifen. Chibig, adject. Sch. Kip. Keib. Jb. Kipp.

**Chilche, Chille,** Kirche. Altdeutsch: Chilcha. Sch. Kilch.

**Chilcheluger,** Kirchenaufseher. Von luege, schauen.

**Chilchspel,** Kirchspiel. Aehnliche und gebräuchliche Zusammensetzungen in Volk= spiel, Leutspiel, Geldspiel, rechtfertigen die Ableitung von Spiel im Sinn der leichten Bewegung. Daher: 1) die zu einer Kirche ein= und ausgehende

## Worterklärungen.

Menge; 2) die Abtheilung des Volks, das zu Einer Kirche gehört; 3) der Distrikt, den sie bewohnt. Vergl. Ab.

**Chlimse**, Spalte. Verwandt mit Klemm, Klemmen. Sch.
**Chlöpfe**, knallen, krachen. Par. Tonderchlapf. Jb. Klapf.
**Choli**, schwarzes Pferd.
**Chölsch**, Leinwandzeug von blau gefärbtem Garn. Cölnisch? Daher: chölschblau.
**Chresme**, klettern.
**Chretze**, 1) geflochtener Hängkorb, von Chratte, Handkorb. Crates. Sch. Kratt und Kretze; 2) über die Achsel gehendes Tragband für die Beinkleider.
**Chriesi**, kleine Waldkirschen. Chirsi, große veredelte.
**Chrome**, 1) einkaufen; 2) zum Geschenk vom Markt 2c. bringen.
**Chrosplig**, Eigenschaft der Rinde des frisch gebackenen Brodes.
**Chruse**, Krug mit Bauch und weiter Oeffnung. Chrüsli, deminut. Sch. Jb.
**Chülbi**, Kirchweihe, Sch. Kilchwine, Kilwihe etc.
**Chummli, Chummlig**, bequem, von Kommen. Kommlich. Sch. Kommlich, convenienter.
**Chündig**, ärmlich. Sch. Kundig, kundiglich, Parcus.
**Chüngi**, Kunigunda.
**Chunche**, hauchen.

### D.

**Deis**, Jenes.
**Dengle, Dengeln**, Sensen und Sicheln durch Hämmern schärfen. Schwedisch: Danga. Sch. Tengeln. Jb. Danglen. Dänglen.
**Dinge** (zu Jemand), Dienste nehmen. Sch. Ding, Pactum. *Dingen*, Pacisci.
**Distelzwigli**, Distelfink. Sch. „Alle Geschöpfe und alles, das so lebet, begehrt Freiheit, ein Fögelein, ein Distelzwiglin." Geil. v. Kaisersb.
**Dolder**, Gipfel eines Baumes, Strauches. Noch übrig in Dolbe. Sch. *Dolde*, Told, etc.
**Dordurwille**, um beswillen.
**Dosch**, Kröte.
**Dose**, verb. schlummern.
**Dotsch**, ein Ungeschickter.
**Dunders-** — verstärkt in der Zusammensetzung mit einigen Adverbien. Dundersnett, überaus nett.
**Dunte**, unten, mit Beziehung auf einen gewissen Ort.
**Duran**, überall. Aus: Dur, durch, und: Ane, hin.
**Dure**, adv. hindurch, hinüber, herüber, verschieden von Dur'e, Dur'en, durch ihn, den, einen. —
**Düsele**, schlummern, halbschlafend gehen, deminut. von Dosen. Jb. Duselicht, schläfrig, taumelnd.
**Dusse**, draußen.
**Düssele**, 1) act. leise reden; 2) neutr. leise gehen. Von Dussen, verwandt mit Tosen. Sch. *Dussen*, Murmur edere.
**Duure**, verb. impers. bedauren. Es buurt mi, ich bedaure es.

## E.

**Echt,** Echter, Echterst, etwa, doch, wohl? Sch. Echt, Echter, Echtern.
**Egerte,** ungebauter Feldplatz. Sch. Egerd. incultus.
**Ehne,** jenseits, drüben.
**Eiere-Auke,** subst. Eier in Butter gebacken.
**Eis Gangs,** eines Ganges, unmittelbar.
**Eithue,** einerlei, gleichviel. Ein Thun.
**Enanderno,** unmittelbar, geschwinde. Einander nach.
**Engelsüeß,** die Wurzel von Polypodium vulg. Lin. (Vorderösterreich.) Sonst Süßwurz.
**Eninne,** gewahr. Entinnen.
**Erlustere,** erlauschen.
**Ermel,** subst. plur. Weibliches Kleidungsstück zur Bedeckung der Arme.

## F.

**Fazenetli,** Sacktuch. Aus dem Italienischen Fazoletto. Jb. Fazeile, Fazeneitle.
**Fegge,** Flügel.
**Fern,** vor einem Jahr. Sch. Jb.
**First,** das Oberste. Daher 1) Rücken des Daches, besonders an Strohdächern; 2) fortlaufender Bergrücken. Sch. Jb.
**Flösch,** Schwammicht von Leibesconstitution. Flaccus.
**Frauemänteli.** Alchemilla vulgaris Lin.
**Fraufaste,** ein berüchtigtes Gespenst in Basel und der umliegenden Gegend. Aus Frohnfasten.
**Fraufastechind,** so viel als sonst Sonntagskind, das die Gespenster sieht.
**Frech,** 1) frei, wahrscheinlich das Intensivum zu diesem; 2) gesund von Ansehen, fest, muthig; 3) frech. Sch. Fortis, liber. Jb. Hellfarbig. Schön. Durl? Aus der zweiten Bedeutung.
**Frei,** außer der gewöhnlichen Bedeutung, adverb. So gar.
**Fuettergang,** Seitengang neben den Stallungen zur Bereitung und Aufsteckung des Futters.
**Fürcho,** scheinen, erscheinen im Traume ꝛc. Vorkommen.
**Füre,** hervor. Verschieden von Füre, Füren, für ihn, den, einen.
**Fürtuech,** Schürze.
**Füsi,** Flinte, Fusil.

## G.

**Gahre,** Knarren.
**Gattig,** wohlgebildet, gefällig. Von der Stammsilbe Gatt in Gattung, wie artig von Art.
**Gäutsche,** Schwanken, von flüssigen Dingen. Daher: Vergäutsche, 1) act. durch Schwanken ausgießen; 2) neutr. durch Schwanken ausfließen.
**Geb,** abgekürzt, statt: Gebe Gott. Geb, wo de bisch, du magst sein, wo du willst. Zur Aufklärung einer Stelle in Entfelders Schriften. R. theolog. Journ. 15. Bd. 4. Stück. S. 319.
**Gell,** Gellaber, verb. imperat. Nicht wahr? plur. Geltet. Sch. Jb.

**Gehre,** begehren. Das Stammwort zu diesem und zur Gierde, Gierig, Gerne. Sch.
**G'halt,** Gehalt, Zimmer.
**G'heie,** verb. impers. Verdrießen, anfechten. Sch. *Heyen, Geheyen,* vexare.
**G'hürst,** Gebüsch. Gehürste von Hurst.
**Gigfe,** Knarren.
**Gißi,** Junge Ziege. **Gißeli,** deminut. Sch. *Kyzen,* hoedus; *Kitzlin,* hoedulus. Jd. Kißen.
**Glast,** Glanz, besonders Schein von Blitz und Feuer. Sch.
**Glichlig,** durchgehends gleich.
**Glitzere,** schimmern. Von glitzen, glänzen, verwandt mit Gleissen ꝛc. Sch. Jd. gitzen, glitzgen. Davon
**Glitzerig,** schimmernd.
**Glumse,** heimlich (in der Asche) brennen. Daher: abglumse, nach und nach erlöschen. Sch. *Gluns* scintilla, *Glunst* favilla.
**Go,** praep. gen, nach. Verschieden von Goh, gehen.
**Götti,** Taufpathe. Gotte, fem.
**Gottwilche,** Begrüßungsformel. Von Gott oder Gottes Willkomm!
**Grüebe,** Ueberrest von ausgesottenem Schweinefett. Jd.
**Grumbire,** Kartoffeln (Grundbirnen), deminut. Grumbireli.
**Grumse,** durch unverständliche Töne und abgebrochene Worte seine Unzufriedenheit ausdrücken. Von Gram. Jd. Gramsen, Gramonzen machen.
**Gsegott,** segne Gott!
**G'stable,** gestabeln, steifwerden, besonders von Kälte. Stabiliri.
**Guge,** sich hin und her bewegen. Primitiv zu Gaukeln? ꝛc. Vergl. Jd. Art. Gugel.
**Güggele,** durch eine kleine Oeffnung schauen, deminut. von Gucken.
**Guhl,** Hahn. Gallus.
**Gülle,** Pfütze. Par. „und daß die Predikanten sich befleißigen, zu predigen, nit aus menschlichen Güllen, sondern aus Brunnen evangelischer Leer."
**Gumpe,** hüpfen. Ueber etwas = oder hinabspringen. Dah. Gumperig, aus= gelassen. Jd. Gumpet, schwelgerisch.
**Gumpistöpfel,** eingemachte Aepfel. Von Compositum Compot. Sch. *Kompest,* olus *Ruobenkumbost*.
**Günne,** Pflücken. Gewinnen. Vergl. Sch „Gewunnen und Ungewunnen."
**Gvätterle,** verb. Das Spielen der Kinder, wenn sie Verrichtungen der Erwachsenen nachahmen. Jd. Gfräulen Breisg.

## H.

**Habermark,** Tragopogon pratense Lin. Jd. Gucigauch ꝛc.
**Halde,** auf= oder absteigende Bergseite. Von helden, neigen (ein Gefäß an der untern Seite aufrichten, um der Mündung eine Neigung zu geben). Daher auch: Abhelbig, schiefliegend. Sch. *Helden,* inclinare. Halde. Jd.
**Häli,** Schaf in der Kindersprache und beim Locken.
**Hamberch,** Handwerk.
**Hamme,** Schinken, Sch. pessuis.

## Worterklärungen.

**Hampfle,** subst. 1) Eine Handvoll. 2) Der Raum zwischen beiden hohlen Händen. Daher: **Hampfleboll,** beide Hände voll. **Hämpfeli,** deminut.

**Handumcher,** adverb. So geschwind, als man eine Hand umkehrt.

**Haselbrödli,** Juncus pilosus Lin.

**Haseliere,** toben. Aus b. Franz.

**Hütteli,** Ziege in der Kindersprache und beim Locken.

**Haupthöchlige,** adv. Mit aufgerichtetem Haupt. Daher: laut, munter.

**Hebe,** halten.

**Heimele,** der Heimat ähnlich sein. Daher: **Aheimele,** an die Heimat erinnern. Jb. Heimen.

**Helge, Helgli, Helgeli,** 1) ein auf Papier gemalter Heiliger. Daher: 2) jedes kleine Papiergemälde. Jb. Kupferstich.

**Helfe,** Glückwünschen. Daher: Etwas zum Gruß, Neujahr ꝛc. schenken. Von **Heil.** Altdeutsch: **Heilizen,** grüßen, **Heilizunga,** Gruß. Dänisch: **Helse.** Schwedisch: **Helsa.**

**Hentsche,** Handschuh.

**Her, Herr.** Der Her, Der Pfarrer. **Herget,** Herr=Gott.

**Hinecht,** ad. In dieser Nacht. Sch. Hinnacht. **Hinechtie,** die ganze Nacht hindurch.

**Hirz, Hirsch.** Hircus, Hirci, die Hirzen.

**Hofertig** stoh, zu Gevatter stehen. Von der alten Form Hoffart.

**Hold,** geneigt, ausschließlich von der gegenseitigen Liebe zwischen Jüngling und Mädchen gebräuchlich. Von Helden, siehe Halbe. Daher:

**Holderstock,** der oder die Geliebte.

**Hüble,** 1) an den Haaren schütteln. Daher: 2) züchtigen.

**Hurlibaus,** Kanone.

**Hurnigel,** kleiner Winter=Hagel. Daher: **s'hurniglet,** verb. es rieselt. Sch. Von Horniße. Jb. Vielleicht eher verwandt mit **Hornung, Hornig. 'S horniggelet.** Es frieret empfindlich an die Finger.

**Hurst,** Strauch. **b'Hürst,** plur. Das Gebüsche, Dickich. Sch. Horst und Hurst, vepretum. Angels. Hurst und Hyrst.

**Hurt,** Lager zur Aufbewahrung des Winterobstes. Sch. Hurt. Crates.

**Hüst und hott,** links und rechts! Zuruf an Zugpferde. Sch. Hott, quo celeusmate incitantur equi ad currendum. (Daher **Hotten,** von Statten gehen.) Hutsch, celeusmatis genus; von Hutschen, repere.

**Hütie,** adv. Heute den ganzen Tag. **Hüitie und ie,** Heute ie und ie.

**Huure, Niederhuure,** den Körper stehend gegen die Erde niederlassen. **Hauren.** Ganz verschieden von einem ähnlichen Wort, das in Meiners Briefe über die Schweiz damit verwechselt wird.

## J.

**Jemerst,** Affectswort der Klage und Sehnsucht.

**Jeste,** subst. plur. Launen, Muthwille. Von **Jesen,** gähren. Daher: **Jast,** Hitze.

**Jeste,** Hitze, Launen. Oder von Crestus.

Jilge, Lilie.
Imme, 1) fem. die Biene; 2) masc. collect. der Bienenstock. Jd. Verschieden von imme, einem, in einem. Immli, demin.
Immis, auch Zimmis, das Mittagessen. (Basel.) Sch. *Imbis*, *Imbes*. Etwa entstanden aus dem altdeutschen Vater Unser: „Proth unsar emezhic hip uns hiutu"?
Jobbi, Jakob.
Joch, außer der gewöhnlichen Bedeutung, ein Brückenpfeiler.
Junte, Weiberrock.
Jüppe, Kinderrock. Aus dem Italienischen Giubba.
Just, Eben, gerade recht. Daher: Wohl zu Muthe. In der ersten Bedeutung auch Justement. Aus dem Französischen oder Italienischen.

**K.**

Keje, 1) neutr. Fallen; 2) act. Werfen, κεισθαι.

**L.**

Lädemli, kleiner Fensterladen.
Landsem, langsam.
Laubi, einer von den Namen, die der Landmann den Zugochsen giebt. Horni, Merz, Laubi, Lusti, von den vier zum Theil nicht mehr gebräuchlichen Namen der Frühlingsmonate: Hornung, Merz, Laubmonat (April), Luftmonat (Mai).
Leerlauf, Kanal zur Ableitung des Wassers neben den Mühlrädern.
Legi, Damm durch das Bett eines Flusses zur Ableitung des Wassers. Auch Wehr, Wuhr.
Lehre, beides, Lehren und Lernen.
Lenge, 1) bis wohin reichen; daher 2) nach etwas greifen, holen; 3) zureichen, genugsein. Von Lange, und noch übrig in An-, Be-, Verlangen ꝛc. Sch.
Letsch, Schlinge, Schlaufe aus dem Ueberschuß von Band an Kleidern ꝛc. Ital. Laccio. Letschli, deminut.
Lewat, Brassica Napus L.
Liecht, Licht. Z' Liecht, Auf Nacht-Besuch.
Logel, Fäßchen. Lagenula. Sch. Logel, Laegel etc.
Lopperig, adj. was nicht mehr fest ist, hin und her wankt.
Lose, horchen. Stammwort zu Losung, Lauschen ꝛc. Sch. Jd.
Luege, schauen, Sch. — Verluege, recipr. Sich über dem Zuschauen vergessen.
Luft, masc. sanfter Wind. fem. Luft. Bei den Alten auch als masc. Luft.
Lüpfe, in die Höhe heben. Sch. Jd.
Luppe, großer Klumpen glühenden Eisens, das aus dem Frischfeuer zum erstenmal unter den Hammer kommt.
Lustere, lauschen. Von Losen.

**M.**

Manne, verb. einen Mann nehmen.
Marcher, der die Felder ausmißt und Grenzsteine setzt. Von March, Grenze. Sch. March. Signum.

**Worterklärungen.**

**Martsche,** eine Art Kartenspiel.
**Maßle,** Masse Roheisen in langer prismatischer Form. Massa, Massula. Sonst Gans, Eisengans.
**Matte,** Wiese. Von Mähen. Sch. Mad, Mat, Matte, Ang. Sax. Maed.
**Meidli,** Mädchen. Von Meib. Par. Marc. 5. „Meible, ich sag' dir, stand auf! Und alsbald stuond das Meiblin auf!" Sch. Meide. Davon das neue Deminutiv:
**Meideli,** ein kleines Mädchen.
**Meje,** Blumenstrauß.
**Meister,** außer den gewöhnlichen Bedeutungen, euphemisch: Der Scharfrichter. Der Meister vo Hage.
**Meng,** manch. Noch übrig in Mannigfaltig.
**Möhnli,** Unke. Maifrösche, vor Mön. Sch. *Moen,* Majus.
**Morn,** adv. Morgen. Sch.
**Morndrings,** am folgenden Tag.
**Mose.** Flecke. Verwandt mit Maser. Sch. *Mas* cicatrix. *Mose,* macula. Jd. Maase. Mäsli und Moseli, deminut.
**Mummeli,** Name des Rindes in der Kindersprache und beim Locken.
**Munpfel,** subst. Stück Eßwaare. Ein Mundvoll. Jd. das Weiche im Brod.

## N.

**Näumer,** Jemand; **Näumis,** etwas; **näume,** irgendwo. Aus einer unbekannten Vorsilbe und den Wörtern Wer, Was, Wo. Sch. Niesswar, was, wo.
**Necht,** adv. In der ersten Hälfte der vorigen Nacht. Sch. Nechten. Jd.
**Nemtig,** subst. Die Nemtig, vor einigen Tagen. Sch. *Antdag,* Dies post certam diem octavae. Jd. niemtig, neulich.
**Nidsi,** unter sich, abwärts. Von Nib, Stammsilbe in Nieder, und dem abgekürzten Sich. Sch. Nidsich.
**Niede,** unten.
**Niemes,** Niemand. Sch. *Niemensche.*
**Niene,** nirgends. Sch.
**Nootno,** nach und nach.
**Numme,** nur. Sch. Nummen, Newan, Newer, Newr.
**Nümme,** nicht mehr.
**Nüt,** nichts.

## O.

**O,** zusammengezogen aus Au, Auch. (Nur in einigen Gegenden.)
**Obsi,** über sich. Aufwärts. Sch. Obsich.
**Oebber,** jemand, **Oebbis,** etwas, **Oebbe,** etwa. In alten Schriften Etwer, Etber, Ebber, Etbes :c. Sch. Etwer etc.
**Oebsch, Oebsche,** etwa.
**Oed,** Schwach von Nüchternheit.
**Oehli,** Oelpresse.
**Oerliger,** grobes weißes Wollenzeug.
**Oser,** Büchersack. Jd. Aunser, Schnapsack.

## Worterklärungen.

### P.

**Pappe,** Brei.
**Pfnüsel,** Schnuppen, Πνευσις. Sch. Pfnüsel, Phnysel, Pfunst.
**Phatest,** Laune, Muthwille. Phantast.
**Plunder,** Kleidungsstücke. Alles, was zum Anzug gehört. Daher Plündern, spoliare. Sch.
**Plunni,** Apollonia.
**Popperment,** Operment, Arsenik.
**Poppere,** schnell und schwach klopfen. Pöpperle, deminut.
**Preste,** substant. Gebrechen. Vom verbum Presten, Fehlen. Altdeutsch: „Ni imo brusti" — Ihm gebrach nicht. Par. Uns prist nit an Geschicklichkeit. Sch.

### R.

**Räf,** Leiterwerk, hinter welchem dem Vieh das Futter aufgesteckt wird. Sch. — Das Letzte im Räf haben, Sprichw.: dem Tode nahe sein.
**Ranft,** Rand, Rinde, Ränftli, deminut. Jb.
**Ranse,** kleine Gräben zur Wasserleitung machen. Sch. *Runs*, rivus. alveus. Von Rinnen.
**Reble,** sich kraftlos hin und her bewegen. Daher: Mit unüberwindlichen Schwierigkeiten kämpfen. Daher: Verreble, Langsam zu Grunde gehen. Jb. aufg'rablen, sich wieder erholen.
**Reckholder,** Wachholder.
**Ribi,** Reibmühle.
**Richter,** 1) Gemeinberath; 2) weiter Haarkamm.
**Rickli,** angesetzte Schnüre, durch welche ein Band geht, um Kleidungsstücke fest anzuziehen. Jb. Rick, eine gewisse Anzahl Fäden.
**Ring,** adv. leicht; Ringer, mit weniger Mühe, Lieber. Daher: Geringe, Sch.
**Rinke,** Schnalle, Rinkli, demin. Jb.
**Ruchgras,** Anthoxantum odoratum L.
**Rufe,** Ausschlag, Kruste auf heilenden Wunden ꝛc. Sch. Jb.
**Rübeli,** eine Art Baumwollenzeug, Halbsammet.
**Runke,** girren.
**Rümmechrüsliger,** eine Art Winteräpfel.
**Rung,** subst. 1) unbestimmte kurze Zeit; 2) =mal Ei Rung, Einmal. Rüngli, deminut. von 1.

### S.

**Sägese,** Sense. Altdeutsch: Sagys, Sagisen. Aus einer alten Stammsilbe, die noch in Sech, Säge, Sichel, Seco übrig ist, und aus Eisen zusammengesetzt. Sch. Sagys, Saegis, etc. Jb. Säges.
**Schaffig,** arbeitsam.
**Scheie,** Pallisade um die Gärten. Sch. Schyen, Schygen.
**Schellewerche,** öffentliche Arbeit strafweise verrichten.

## Worterklärungen.

Schicht, Arbeitszeit der Schmelzer 2c. am Hochofen. Sch. *Series, Ordo, Partitio.*
Schiehut, Strohhut. Von Schiene oder Schein.
Schliefe, Schlüpfen. Das veraltete Stammwort zu diesem und zu Schleifen, Schleppen 2c. Sch. Jb.
Schmähle, verb. Vorwürfe machen. Das deminut. von Schmähen, und verwandt mit Schmollen. Sch.
Schmecke, Beides Schmecken und Riechen. Dah. Ahnen, Merken.
Schmehle, subst. Grashalm, Jb. Schmiele, Schmeele, Aira L.
Schmuris, eine Mehlspeise mit Eiern.
Schnatte, Wunde. Von Schneiden. Sch. *Schnatten,* Cicatrix.
Schnaue, im Unwillen sprechen. Aschnaue, hart anreden. Das Stammwort zu dem Intens. Schnauzen, und zu Schnauben, und ohne Zweifel auch zu dem noch nicht heimgewiesenen Hochdeutsch: Schnöbe. Vergl. Ab. unter: Schnöbe. Sch. *Schnöwen, Anschnauen* a Schnau pro. *Schnauze* Jb.
Schnöre, Rüssel. Sch. Schnorre.
Schoch, Schocheli, Ausdruck des Gefühls der Kälte beim Schauern. Sch. Schoch Interjecto ex frigore.
Schöchli, Kleine Heuhaufen auf den Wiesen. Deminut. von Schoch, Haufe. Daher: Schöchle, verb. das Heu in solche zusammenbringen. Sch. *Schoch, acervus.*
Schrunde, aufgesprungene und geritzte Haut. Sch.
Semper, der nicht alle Speisen mag.
Setzer, der auf dem Hochofen das Erz 2c. einsetzt.
Sieder, praep. Seit. adv. Unterdessen. Sieberi, Seither. Sch. *Sid.* Sider etc.
Simse, Vorschuß unter den Fenstern. Davon Gesimse. Sch. *Symis, Sims.*
Sinne, verb. Weinfässer ausmessen und bezeichnen. Scherzweise von den Menschen, Signare. Sch. Sinnen, signare in doliis, quantitatem mensurae. Hinc *Sinner,* Homo qui id facit.
Sölli, sehr. Jb. Sellig.
Spöchte, spähen. Das Intens. zu diesem. Spectare. Sch. Spechen etc.
Spöthlig, Spätling, Spätjahr. Das Gegenwort zu Frühling.
Stabhalter, der zweite Vorgesetzte in Landgemeinden. Sch. Verschieden von Statthalter.
Stapfle, Stuge. Stäpfeli deminut.
Stellaschi, Gerüste, Gestell, was viel Raum einnimmt.
Storze, Strunk der Staudengewächse. Störzli deminut.
Stotze, starke Beine und Schenkel. Sch. Stotzen refercire. Jb. Stoß, Stamm, Klotz.
Strehle, Kämmen. Von Strehl, Kamm. Verwandt mit Striegel, Strigilis. Jb. von Strahl.
Strolch, Vagabund. Jb. grober Mensch.
Strübli, gewundenes Backwerk. Von Strube, Struve, Schraube. Jb. Strauben, Sträublein.
Stud, Pfosten. Verwandt mit Stütze, Stoße. Statua. Sch. Stud.
Sunneblume, Chrysanthemum Leucanth. Lin.
Stubete, Z'stubete. Auf Besuch.

## T.

**Tafere,** Wirthshausschild. Taberna. Sch. *Tafern.*
**Tage,** verb. Tag werden. Sch.
**Tane,** Feldmaß bei Wiesen. Ein Morgen.
**Tensch,** Schleuße bei der Wasserleitung. Sch. *Tensch,* Landveste a Latino Tenere.
**Togge,** Strohfackel.
**Tole,** Vertragen, dulden. Das Stammwort zu diesem. Mertoltenis, Wir dulbeten uns. Goth. Thulan. Angelsächs. Tholian. Dän. Taale. Jsl. Dol. Schweb. Tola. Griech. $T\alpha\lambda\alpha\omega$. Lat. *tolero, tuli.*
**Toll,** 1) überhaupt schön; 2) insbesondere: Was mit großem Aufwand verschönert ist. Könnte wohl das Wort von dieser Urbedeutung zur Bezeichnung des thörichten Aufwandes, und zuletzt des Thörichten, Uebertriebenen ꝛc. überhaupt übergegangen sein? Vergl. Ab. unter diesem Art. Jd. Toll, Groß, Hübsch. Engl. tall.
**Todtebaum,** Sarg.
**Tragete,** Last, so viel man auf einmal tragen kann.
**Treber,** Trestern.
**Tremel,** Balke. Von Tram. Sch. Jd.
**Trinke,** Tubak trinke, Tabak rauchen. Noch aus einer alten Bedeutung des Wortes Trinken, ziehen, Trahere. Par. „Den freien und reichlichen Geist (der Lehre) in sich getrunken haben."
**Trog,** hölzerne Kiste. Sch. Truhe, receptaculum clausum. *Trog.* Jd. Truhe, Truche.
**Trostle,** Drossel.
**Trüeihe** (Trühen), ursprünglich: Sammeln, zulegen. Von Truhe. Daher: Fett, stark werden. Sch. *Truhen.* In arculam conjicere. „Unrecht Gut truhet nicht."
**Trümmle,** 1) Sich auf einem Punkt herum bewegen; 2) unstät gehen. Tremulare. Jd. Trumseln. Davon:
**Trümmlig,** Schwindlicht. Jd. Trumselig.
**Tschäubli,** Tschäubeli, kleiner Strohbüschel, Warnungszeichen an verbotenen Wegen. Deminut. von Schaub, Strohbund.
**Tschope,** Kamisol mit Ermeln, Tschöpli, deminut. Aus dem Jtal. Giubba, woher auch Jüppe, Kinderrock.
**Tunke,** Tauchen. Tingere.

## U.

**Uding,** Unding, adv. sehr, über das Gewöhnliche.
**Uerthe,** 1) Wirthsrechnung. 2) Abrechnung überhaupt. Sch. *Urt, Virthe,* Symbola, collecta etc.
**Umme,** hin, herum; verschieden von Umme, Ummen, um ihn, den einen.
**Ung'heit,** unangefochten. Von Geheien.
**Unrueih,** Perpendikel an der Uhr. Unruhe.

Urig, 1) Lauter Dinge einer Art beisammen; 2) so viel Dinge einer Art, daß man die andern nicht bemerkt. Wahrscheinlich von der noch in Zusammensetzungen übrigen Stammsilbe Ur.

## V.

Ver- in der Zusammensetzung mit dem Verbum, oft statt Er= — Vert= statt Ent=.
Verbnse, s. Bause.
Vergelstere, (Erschrecken. Sch. *Galstern,* fascinare. *Vergallen,* facere ut sonet.
Verglichlige, adv. vergleichungsweise.
Verflune, irre werden.
Visperle, v. act. kleines Geräusch machen. neutr. Mit solchem sich fortbewegen.
Vogt, Schulze.
Volchspiel, Menge Volks in Bewegung.

## W.

Wägese, Pflugschaar. Altdeutsch: Wagisen, Wägenese, Wagys. Von Wägen, aufwinden, in die Höhe heben, und Eisen. Nach Ab. von Wagen. Sch.
Wagle, Wiege.
Wahle, verb. Wogen. Verwandt mit wallen, sieden und Welle.
Warbe, das gemähte Gras zum Trocknen auseinander schütteln. Eigentl. Umwenden, Verarbeiten. Verwandt mit werben, erwerben, Gewerbe, Wirbel ꝛc.
Wasserstelzli, Bachstelze.
Weger, Wegerli, wahrlich. Eigentl. Comparativ von Wahe, schön, gut. Par. „Hätten sie gesprochen, es wäre wäger, man ließe einen Menschen Schaden leiden mit Haltung des Sabbathstags." Sch. Jb. Wäger, wahrlich, besser.
Weidli, hurtig. Sch. Weidelich, Decorus, Gnavus. Jb.
Weihe, Speckkuchen.
Welle, subst. Bündel von Reis, Stroh ꝛc. Sch.
Wentele, Wanze.
Werchtig, Werktag.
Weserei, 1) Verrechnungsstelle bei den Eisenhütten; 2) dabei errichtete Weinschenke.
Wette, verb. binden, zusammenfügen. Daher: an das Joch spannen. Windsbeck: „Nu hat das Alter mit Gewalt in sinen Strick mich so gewetten."
Wetterleich, Wetterleuchten. Im Wetterleich, blitzschnell.
Wibe, verb. ein Weib nehmen.
Wied, gedrehte Weide zum Binden. Altdeutsch: Bei der Wide, beim Strang. Daher vielleicht Wiedsauer.
Windeweh, Wind und Weh. Ausdruck für das Gefühl der Unruhe bei langem Warten. Wunden weh? Wunder weh? Sch. „Wer kann allwegen geduldig seyn, wan eim so wunn und wee ist." Nach dieser Orthographie vielleicht so viel als: Wohl und Weh, in Hoffnung und Furcht.
Wintergfrist, Gfristig, Frostbeulen.
Wolfel, Wohlfeil.

**Wuhr,** Damm durch einen Fluß zur Ableitung des Wassers. Jb. Um dem Wasser höhern Fall zu geben.

**Wuli,** Name der Gänse beim Locken und in der Kindersprache.

**Wunderwitz,** 1) Neugierde; 2) ein Mensch, der Alles zu wissen verlangt.

**Wütsche,** sich schnell bewegen. Intensit. von Wischen in Entwischen ꝛc.

## Z.

**Zeiche; alle Zeiche fluchen,** Alle Verwünschungsformeln aussprechen.

**Zeine,** Rundkorb. Von Zein. Sch. Zein, virga, et Zain. Jb.

**Zeiner,** Schmied, der das Stabeisen in Stangen streckt.

**Zibertli,** (getrocknete) weiße Pflaumen. Jb. Zibarten, Prunellen.

**Zimpfer,** jungfräulich sein im Betragen, auch affectirt. Sch. Jb. Zumpfer.

**Zinkli,** Hyacinthen.

**Zistig,** Dienstag. Sch.

**Zit,** 1) fem. Zeit; 2) neutr. Uhr. Daher Zitli, deminut. Die Taschenuhr. Altdeutsch: Zit, Stunde. Otfrid: Ninuhunt Zito, Neunhundert Stunden.

**Zseudane,** überall. Zur Hand hin.

**Zuber,** hölzernes Wassergefäß.

Verlag der G. Grote'schen Verlagsbuchhandlung (C. Müller) in Berlin.

Druck von Fischer & Wittig in Leipzig.

# Allemannische Gedichte.

## Erste Abtheilung.

### Die Wiese*).

**W**o der Dengle-Geist**) in mitternächtige Stunde
Uffeme silberne Gschirr si goldeni Sägese denglet,
(Todtnau's Chnabe müsse's wohl) am waldige Feldberg,
Wo mit liebligem Gsicht us tief verborgene Chlüfte
d'Wiese luegt, und check go Todtnau aben ins Thal springt,
schwebt mi muntere Blick, und schwebe mini Gidanke.
    Feldbergs liebligi Tochter, o Wiese, bis mer Gottwilche!
Los, i will di iez mit mine Liederen ehre,
und mit Gsang bigleiten uf dine freudige Wege!

    Im verschwiegene Schoos der Felse heimli gibohre,
an de Wulke gsäugt, mit Duft und himmlischem Rege,
schlofsch e Bütscheli-Chind in di'm verborgene Stübli
heimli, wohlverwahrt. No nie hen menschligi Auge
güggele dörfen und seh, wie schön mi Meiddeli do lit
im christalene G'halt und in der silberne Wagle,
und's het no kei menschlich Ohr si Othmen erlustert,
oder si Stimmli ghört, si heimli Lächlen und Briegge.
Numme stilli Geister, sie göhn uf verborgene Pfade
us und i, sie ziehn di uf, und lehre di laufe,
gen der e freudige Sinn, und zeige der nützligi Sache,
und's isch au kei Wort verlohre, was sie der sage.
Denn so bald de chaschst uf eigene Füeßlene furtcho,
Schliefsch mit stillem Tritt us di'm christalene Stübli
barfis usen, und luegsch mit stillem Lächlen an Himmel.

---
  *) Ein am Feldberge entspringender Waldstrom, der bei Gündenhausen einen
andern Strom gleichen Namens aufnimmt und bei Kleinhüningen (Kanton Basel) sich
in den Rhein ergießt.
  **) Gespenst auf dem Feldberg.

Hebel's Allemannische Gedichte. 1

O, wie bisch so nett, wie hesch so heiteri Aeugli!
Gell, do ussen isch's hübsch, und gell, so hesch ders nit vorgstellt?
Hörsch, wie's Läubli ruuscht, und hörsch, wie d'Vögeli pfife?
Ja, de seisch: „I hörs, doch gangi witers und blib nit.
„Freudig isch mi Weg, und alliwil schöner, wie witer!"

Nei so lueg me doch, wie cha mi Meiddeli springe!
„Chunnsch mi über," seits und lacht, „und witt mi, se hol mi!"
All'wil en andere Weg, und alliwil anderi Sprüngli!
Fall mer nit sel Reinli ab! — Do hemmers, i sags io, —
hani's denn nit gseit? Doch gauckelet's witers und witers,
groblet uf alle Vieren, und stellt si wieder uf b'Beinli,
schlieft in d'Hürst, — iez such mers eis! — dört güggelets use.
Wart, i chumm! Druf rüefts mer wieder hinter de Bäume:
„Roth, wo bin i iez!" — und het sie urige Phateft.
Aber wie de gosch, wirsch sichtli größer und schöner.
Wo di lieblign Othem weiht, se färbt si der Rase
grüner rechts und links, es stöhn in saftige Triebe
Gras und Chrüter uf, es stöhn in frischere Gstalte
farbigi Blüemli do, und d'Immli chömmen und suge.
's Wasserstelzli chunnt, und lueg doch, 's Wuli vo Todtnau!
Alles will di bschauen, und Alles will di bigrüße,
und di fründlig Herz git alle fründligi Rede:
„Chömmet ihr ordlige Thierli, do hender, esset und trinket!
„Witers goht mi Weg, Gsegott, ihr ordlige Thierli!"

Rothet iez, ihr Lüt, wo üser Töchterli hi goht!
Hender gmeint an Tanz, und zue de lustige Buebe?
z'Uzefeld vorbei gohts mit biwegliche Schritte
zue de schöne Buechen*), und hört e heiligi Meß a.
Guet erzogen isch's, und anderst cha me nit sage.
No der heilige Meß se seits: „Jez willi mi schicke,
„aß i witers chumm." — Jez simmer scho vornen an Schönau,
iez am Chastel verbei, und alliwil witers und witers
zwische Berge und Berge im chüele duftige Schatte,
und an mengem Chrütz verbei, an menger Kapelle.

Aber wie de gohsch, würsch alliwil größer und schöner.
Wo die lieblign Othem weiht, wie färbt si der Rase
grüener rechts und links, wie stöhn in chräftige Triebe
neui Chrüter do, wie schießen in prächtige Gstalte
Bluemen an Bluemen uf, und geli saftigi Wide!
Wo di'm Othem gewürzt, stöhn rothi Erdbeeri-Chöpfli
Millione do, und warten am schattige Thalweg.

---

*) Kapelle dieses Namens an der Wiese.

## Erste Abtheilung.

Bo di'm Othem g'nährt, stigt rechts an sunnige Halde
goldene Lewat uf in Feldere Riemen an Rieme.
Bo di'm Othem g'chüelt, singt hinter de Hürste verborge
freudig der Hirte=Bueb, und d' Holz=Ax tönet im Buechwald.
's Mambecher Hätteli chunnt, und wulligi Häli vo Zell her.
Alles lebt und webt, und tönt in freudige Wiise;
Alles grüent und blüeiht in tusigfältige Farbe;
Alles isch im Staat, und will mi Meiddeli grüße.
Doch de bisch ke Meiddeli meh, iez sag i der Meibli.

    Aber an der Bruckwoog, nit wit vom steinene Chrützli,
chresme d'Büebli vo Zell hoch an de felsige Halde,
suechen Engelsüeß, und luegen aben und stune.
„Toneli,“ seit der Sepli, „was het echt d'Wiesen im Chöpsli?
„Lueg doch, wie sie stoht, und wie sie nieder an d'Stroß sitzt
„mit vertieftem Blick, und wie sie wieder in d'Höchi
„schießt, und in d'Matte läuft, und mittere selber im Champf isch!“

    Feldbergs Tochter, los, de g'falsch mer numme no halber!
's goht mer, wie dem Sepli. Was hesch für Jesten im Chöpsli?
Fehlt der näumis, se schwetz, und hättisch gern näumis, se sag mer's!
Aber wer nüt seit, bisch du! Mit schwankige Schritte
Laussch mer d'Matten ab in dine tiefe Gidanke
surt ins Wiesethal, surt gegenem Husemer Bergwerch,
und schangschiersch der Glauben und wirsch e lutherischer Chetzer!
Hani's denn nit gseit, und hani mers echter nit vorgstellt?
Aber jez isch so, was hilft jez balgen und schmähle!
Aendere chani's nit, se willi der lieber gar helfe;
Oebbe bringsch mer doch no Freud und heiteri Stunde!
Halt mer e wenig still, i will di jez lutherisch chleide;
s' schickt sie numme barsis z'laufe, wemme so groß isch.
Do sin wißi Bauwele=Strümpf mit chünstlige Zwickle,
(leg si a, wenn d' chasch!) und Schueh und silberne Rinkli;
do ne grüene Rock! vom breit verbendlete Lübli
fallt bis zu de Chnödlenen abe Fältli an Fältli.
Sitzt er recht? Thue d'Häftli i! und nimm do das Brusttuech,
sammet und roseroth. Jez flichtiber chünstlige Zupfe
us de schöne, susser g'strehlte, flächsene Hoore.
Obe von wißen Aecken und biegsem in b' Zupfe verschlunge,
fallt mit beiden Ende ne schwarze sidene Bendel
bis zum tiefe Rock=Saum abe. — G'fallt der die Chappe,
wasserblaue Damast und gstickt mit goldene Blueme?
Zieh der Bendel a, wo in de Ricklene burgoht,
unter de Zupfe dure, du Dotsch, und über den Ohre
fürsi mittem Letsch, und abe gegenem Gsicht zue!

1*

Jez e side Fürtuech her, und endli der Hauptstaat,
zwenzig Ehle lang und breit e Mailänder Halstuech!
Wie ne luftig Gwülch am Morgehimmel im Früehlig
'schwebts der uf der Brust, stigt mittem Othem, und senkt sie,
wahlet der über d'Achsle, und fallt in prächtige Zipfle
übere Rucken abe, sie ruusche, wenn de'n im Wind gohsch!
Het me's lang, se loßt me's henke, hör i mi Lebtig.
D'Ermel, denk wol, henksch an Arm, wil 's Wetter so schön isch,
aß me's Hemb au sieht, und dini gattigen Aermli,
und der Schie-Hut nimmsch in d'Hand am sidene Bendel;
d'Sunne git eim wärmer, und schint eim besser in d'Auge,
wer en in de Hände trait, und 's stoht der au hübscher!
Jez wärsch usstaffiert, as wenn de hofertig stoh wottsch,
und de g'falsch mer selber wieder, chani der sage.

Wienes sie iez freut, und wie's in zimpfere Schritte
tänzelet, und meint, es seig d'Frau Vögtene selber,
wie 's si Chöpfli hebt, und jeden Augeblick z'ruck schielt,
öb me's echt au bschaut, und öb men em ordeli noluegt!
Jo, de bisch io hübsch, und io du Närrli, mer luege,
Du Marggröver-Meidli, mit diner goldige Chappe,
mit de lange Zupfen und mit der längere Hoorschnuer,
mittem vierfach z'semmegesetzte flattrige Halstuech!

Aber rothet iez, wo 's hofertig Jümpferli hi goht!
Denk wol uffe Platz, denk wol zuer schattige Linde,
oder in d'Weserei, und zue de Husemer Chnabe?
Hender gmeint? io wohl! Am Bergwerch visperlets abe,
leugt e wenig duren, und trüllt e wengeli d'Räder,
was der Blos-Balg schnufe mag, aß d' Füürer nit usgöhn.
Aber 's isch si Blibes nit. In d' Husemer Matte
schießt's, und über d' Legi ab mit große Schritte go Farnau,
lauffch mer nit, so gilts mer nit, dur 's Schopfemer Chilspel.

Aber z'Gündehuse, wer stoht echt an der Stroße,
wartet, bis de chunnsch, und goht mit freudige Schritte
uf di dar, und git der d' Hand, und fallt der a Buese?
Chennsch di Schwesterli nit? 's chunnt hinte füre vo Wisleth.
Uf und nieder hets di Gang und dini Gebehrde.
Jo de chennschs, worum denn nit? Mit freudigem Brusche
Nimmschs in d'Arm, und losch's nit goh, gib achtig, verdrucks nit!
Jez gohts wieder witers, und alliwil aben und abe!
Siehsch dört vorne 's Röttler Schloß — verfalleni Mure?
In bertäfelte Stube, mit goldene Liiste verbendlet,
hen sust Fürste gwohnt, und schöni fürstligi Fraue,
Heren und Here-Gsind, und d' Freud isch z' Röttle deheim gsi

## Erste Abtheilung.

Aber iez isch Alles still. Undenklichi Zite
brenne keini Liechter in sine verrißene Stube,
flackeret kei Füür uf siner versunkene Füürstet;
goht kei Chrueg in Cheller, kei Zuber aben an Brunne.
Wildi Tube niste dört uf mosige Bäume.
Lueg, dört ehnen isch Mulberg, und do im Schatte verborge
's Föhris Hüsli, und am Berg dört b' Höllstemer Chilche.
Steine lömmer liegen, und fahren duren in b'Matte,
guete Weg isch au nit um, und weidli chasch laufe.
Wenn 's nit nidsi gieng, i weiß nit, öbbi der nochäm.
Unter Steine chunnsch mit dine biwegliche Schritte
wieder über b' Stroß. Jez wandle mer füren ins Rebland
neben Hauigen aben und neben an Hagen und Röttle.
Lueg mer e wenig ufe, wer stoht dört oben am Fenster
in si'm neue Chäppli, mit sine fründligen Auge?
Neig di fin, zeig wie, und sag: „Gott grüßich, Her Pfarer!"
Jez goths Thuemrige zu, iez witer in d'Lörecher Matte.
Siehsch das ordelig Städli mit sine Fenstern und Gieble,
und die Basler Here dört uf der staubige Stroße,
wie sie riten und fahren? Und siehsch dört 's Stettener Wirths-Hus!
Worum wirsch so still und magsch nit dure go luege?
Gell, de siehsch iel heilig Chrüz vo witem und trausch nit,
möchtisch lieber z'ruck, as fürsi! Loß der nit gruse!
's währt nit lang, se stöhn mer frei uf schwizrischem Bode.

Aber wie de gohsch vom Bergwerch abe go Schopfe,
bis an Stetten aben uf diner steinige Landstroß,
bald am linke Bord, bald wieder ehnen am rechte
zwischenem Faschinat, wirsch alliwil größer und schöner,
freudiger alliwil, und schaffig, was me cha sage.
Wo di lieblichen Othem weiht, wie färbt sie der Rase
grüener rechts und links, wie stöhn mit chräftige Triebe
neui Chrüter uf, wie prangen in höhere Farbe
Bluemen ohni Zahl. De Summer-Vögle thuet b' Wahl weh.
Wechslet nit der Chlee mit goldene Chettene-Blueme,
Frauemänteli, Hasebrödli, würzige Chümmi,
Sunneblueme, Habermark und Dolden und Ruchgras?
Glizeret nit der Thau uf alle Spitzen und Halme?
Wattet nit der Storch uf hohe Stelze derzwische?
Ziehn sie nit vo Berg zue Berg in lange Reviere
feisti Matte Stunde witt und Tauen an Taue?
Und derzwische stöhn scharmanti Dörfer und Chilchthürn.
's Brombecher Mummeli chunnt, es chömme Lörecher Rößli,
freße der us der Hand, und springen und tanze vor Freude,
und vo Baum zu Baum, vo Zell bis füre go Rieche
halte d'Vögeli Jude-Schuel, und orglen und pfife.

## Allemannische Gedichte.

D'Brombecher Linde lit, der Sturmwind het se ins Grab gleit.
Aber rechts und links, wie schwanken an flachere Reine
Rocken und Weizehalm! Wie stöhn an sunnige Halde
Reben an Reben uf! Wie woget uf höchere Berge
rechts und links der Buechwald und dunkleri Eiche!
O 's isch Alles so schön, und überal anderst und schöner!
Feldbergs Tochter, wo de bisch, isch Nahrig und Lebe!

 Neben an der ufen und neben an der abe
gigs't der Wage, d'Geisle chlöpft, und d'Sägese ruschet,
Und de grüeßisch alli Lüt, und schwetzisch mit alle.
Stoht e Mühli näumen, en Oehli oder e Ribi,
Drothzug oder Gerste-Stampfi, Sägen und Schmidte,
lengsch mit biegsemen Arme, mit glenkseme Fingere dure,
hilfsch de Müllere mahlen und hilfsch de Meidlene ribe,
spinnsch mer 's Husemer-Jse, wie Hanf in geschmeidigi Fäde.
Eicheni Plütschi versägsch, und wandlet's Jse vom Füürherd
uffen Ambos, lüpfsch de Schmiede freudig der Hammer,
singsch derzue, und gersch kei Dank, „Gott grüeßich, Gott bhüetich!"
Und isch näume ne Bleichi, se losch di das au nit verdrieße,
chuuchisch e bizzele duren, und hilfsch der Sunne no bleiche,
aß sie ferig wird, sie isch gar grüselig langsem!

 Aber solli eis, o Wiese, sage, wie 's anders,
nu se sey's bikennt! De hesch au bsunderi Jeste,
's chlage's alli Lüt, und sage, es sey der nit z'traue,
und wie schön de seigsch, wie liebli dine Gibehrde,
stand der d'Bosget in den Auge, sage sie alli.
Eb men umluegt, chresmisch näumen über d'Faschine,
oder rupfsch sie us, und bahnsch der bsunderi Fueßweg,
bohlsch de Lüte Stei uf d'Matte, Jaspis und Feldspat.
Hen sie näume gmeiht, und hen sie gwarbet und g'schöchlet,
holsch's und treischs de Nochbere duren Arfel um Arfel.
's sagen au e Theil, de seigisch glückli im Finde
uf de Bänke, wo nit g'wüscht sin, aber i glaubs nit.
Mengmol haseliersch, und 's muß der Alles us Weg goh;
öbbe rennsch e Hüsli nieder, wenns der im Weg stoht.
Wo de gohsch, und wo de stohsch, isch Balgen und Balge.

 Feldbergs Tochter, los, de bisch an Tugend und Fehler
zitig, chunnts mer halber vor, zum Manne, wie wär's echt?
Zeig, was machsch für Aeugli? Was zupfsch am sidene Bendel?
Stell di nit so närrsch, du Dingli! 's meint no, me wüß nit,
aß es versprochen isch, und aß sie enander scho bstellt hen?
Meinsch, i chenn di Holderstock, die chräftige Burst nit?

## Erste Abtheilung.

Ueber hochi Felsen, und über Stuude und Hecke
eis Gangs us de Schwitzerberge gumpet er z'Rhinek
aben in Bodesee, und schwimmt bis füre go Choftanz,
seit: „I mueß mi Meidli ha, do hilft nüt, und batt nüt!"
Aber oben an Stei, se stigt er in langseme Schritte
wieder usem See mit susser gwäschene Füeße,
Tiesehofe gfallt em nit und 's Chloster dernebe,
furt Schafhuse zu, furt an die zackige Felse.
An de Felse seit er: „Und 's Meidli mueß mer werde!
„Lib und Lebe wogi dra, und Chretze und Brusttuech,"
Seits, und nimt e Sprung.  Jez bruttlet er abe go Rhinau;
trümmlig ischs em worde, doch chunnt er witers und witers.
Eglisau und Chaiserstuhl und Zurzi und Waldshut
het er scho im Necke, vo Waldstadt lauft er zu Waldstadt,
iez an Ehrenzech aben in schöne breite Reviere,
Basel zu.  Dört wird der Hochzit=Zedel gschriebe.
Gell, i weiß es!  Bisch im Stand und läugnisch, was wohr isch?

Hätti z'rothe gha, 's wär z'Wil e schickliche Platz gsi;
's het schon menge Briggem si gattig Brütli go Wil gführt,
usem Züri=Biet, vo Liestel aben und Basel,
und isch iez si Ma, und 's chocht em d'Suppen und pflegt em
ohni Widerred vo mine gnädige Here.
Aber di Vertraue stoht zum Chlei=Hüniger Pfarer.
Wi de meinsch, se göhn mer denn dur d'Riechemer Matte!
Lueg, isch sel nit d'Chlübi, und chunnt er nit ebe dört abe?
Jo er ischs, er ischs, i hörs am freudige Brusche!
Jo er ischs, er ischs mit sine blauen Auge,
mit de Schwitzer=Hosen und mit der sammete Chretze,
mit de christalene Chnöpfen am perlefarbige Brusttuch,
mit der breite Brust, und mit der chräftige Stotze,
's Gotthards große Bueb, doch wie ne Roths=Her vo Basel,
stolz in sine Schritten und schön in sine Gibehrde.

O wie chlopft der di Herz, wie lüpft si di flatterig Halstuch,
und wie stigt der b'Röthi iez in die liebligi Backe,
wie am Himmel 's Morgeroth am duftige Maitag!
Gell, de bischem hold, und gell, de hesch ders nit vorgstellt,
und 's wird der wohr, was im verborgene Stübli
d'Geister g'sunge hen, und an der silberne Wagle!
Halt di numme wohl! — I möcht der no allerlei sage,
aber 's wird der windeweh!  Di Kerli, di Kerli!
Förchsich, er lauf der furt, se gang!  Mit Thränen im Aeugli
rüests mer: „Bhüetdi Gott!" und sallt em freudig an Buese.
Bhüetdi Gott der Her, und folgmer, was i der gseit ha!

-----

### Freude in Ehren.

Ne G'sang in Ehre,
wer will's verwehre?
Singt's Thierli nit in Hurst und Nast,
der Engel nit im Sterne-Glast?
E freie frohe Mueth,
e gsund und frölich Bluet
goht über Geld und Guet.

Ne Trunk in Ehre,
wer will's verwehre?
Trinkt 's Blüemli nit si Morgenthau?
Trinkt nit der Vogt si Schöppli au?
Und wer am Werchtig schafft,
dem bringt der Rebesaft
am Sunntig neui Chraft.

Ne Chuß in Ehre,
wer will's verwehre?
Chüßt 's Blüemli nit si Schwesterli,
und 's Sternli chüßt si Möchberli?
In Ehre, hani gseit,
und in der Unschuld G'leit,
mit Zucht und Sittsemkeit.

Ne freudig Stündli,
isch's nit e Fündli?
Jez hemmers und iez simmer do;
es chunnt e Zit, würds anderst goh.
's währt alles churzi Zit,
der Chilchhof isch nit wit.
Wer weiß, wer bal dört lit?

Wenn d'Glocke schalle,
wer hilftis alle?
O gebis Gott e sanfte Tod!
e rüeihig Gewisse gebis Gott,
wenn d'Sunn am Himmel lacht,
wenn alles blizt und chracht,
und in der lezte Nacht!

---

### Die Irrlichter.

Es wandeln in der stille dunkle Nacht
wohl Engel um, mit Sterneblume g'chrönt,
uf grüne Matte, bis der Tag verwacht,
und do und dört e Betzit-Glocke tönt.

## Erste Abtheilung.

Sie spröche mitenander deis und das,
sie machen öbbis mitenander us;
's sin gheimi Sache; niemes rothet, was?
Druf göhn sie wieder furt, und richte's us.

Und stoht ke Stern am Himmel und ke Mon,
und wemme nümme sieht, wo d'Nußbäum stöhn,
mü'en selli Marcher usem Füür an d'Frohn,
sie müen den Engle zünde, wo sie göhn.

Und jedem hangt e Bederthalben a,
und wenn's em öd wird, lengt er ebe dri,
und bißt e Stückli Schwefelschnitten a,
und trinkt e Schlückli Treber-Brentewi.

Druf putzt er d'Schnören amme Tschäubli ab,
Hui, flackeret's in liechte Flammen uf,
und, hui, goht's wieder d'Matten uf und ab,
mit neue Chräfte, d'Matte ab und uf.

's isch chummliger so, wenn eim vorem Fueß
und vor den Auge d'Togge selber rennt,
aß wemme sie mit Hände trage mueß,
und öbbe gar no d'Finger dra verbrennt.

Und schritet spot e Mensch dur d'Nacht derher,
und sieht vo witem scho di Kerli goh,
und betet lisli: „Das walt Gott der Her" —
„Ach bleib bei uns" — im Wetter sin sie do.

Worum? Sobald der Engel bete hört,
se heimelet's en a, er möcht derzue.
Der füürig Marcher blieb io lieber dört,
und wenn er chunnt, se hebt er d'Ohre zue.

Und schritet öbsch e trunkne Ma dur d'Nacht,
er fluecht und sappermentet: „Chrütz und Stern,"
und alli Zeichen, aß der Bode chracht,
sell hörti wohl der füürige Marcher gern.

Doch wirds em nit so guet; der Engel seit:
„Furt, weidli furt! Do magi nüt dervo!"
Im Wetterleich, sen isch der wiit und breit
kei Marcher me, und au kei Engel do.

Doch goht me still si Gang in Gottis G'leit,
und denkt: „Der chönnet bliben oder cho,
„ne jede weiß si Weg, und 's Thal isch breit,"
sel isch's vernünftigst, und sie lön ein go.

Doch wenn der Wunderwitz ein öbbe brennt,
me lauft im Uhverstand den Engle no,
sel isch ene wie Gift und Poperment;
im Augeblick se lön sie Alles stoh.

Z'erst sage sie: „Denkwol es isch si Weg,
„er goht verbei, mer wen e wenig z'ruck!"
So sage sie, und wandle still us Weg,
und sieder nimmt der füürig Ma ne Schluck.

Doch folgt me witers über Steg und Bort,
wo nummen au der Engel goht und stoht,
se seit er z'letzt: „Was gilts, i sind en Ort,
„du Lappi, wo di Weg nit dure goht!"

Der Marcher muß vora, mit stillem Tritt
der Engel hinterher, und lauft me no,
se sinkt men in e Gülle, 's fehlt si nit.
Jez weisch di B'richt, und jez chasch wieder goh!

Nei, wart e wenig, 's chunnt e guti Lehr!
Vergiß mers nit, schribs lieber in e Buch!
Zum Erste sagi: Das walt Gott der Her,
isch alliwil no besser, aß e Fluch.

Der Fluch jagt d'Engel mittem Heil dervo;
ne christli Gmüeth und 's Bette zieht sie a;
und wemme meint, me seh ne Marcher cho,
's isch numme so d'Laterne vorne dra.

Zum Anderen, und wenn en Ehre=Ma
ne Gschäft für ihn ellei z'verrichte het,
se loß en mache! was gohts di denn a?
Und los nit, wemme mittem Nochber redt!

Und goht me der us Weg, so lauf nit no!
Gang diner Wege furt in Gottis G'leit!
's isch Uhverstand, me merkts enanderno,
und 's git en Unehr. Sag, i heig ders gseit.

---

### Der Schmelz-Ofen.

Jez brennt er in der schönsten Art,
und 's Wasser ruuscht, der Blosbalg gahrt,
und biß aß d'Nacht vom Himmel fallt,
so würd die ersti Maßle chalt.

Und 's Wasser ruuscht, der Blosbalg gahrt;
i ha druf hi ne Gulde g'spart.
Gang Chüngi, lengis alte Wi,
mer wen e wengli lustig si!

## Erste Abtheilung.

Ne Freudestund isch nit verwehrt;
me g'nießt mit Dank, was Gott bischert.
me trinkt e frische frohe Mueth,
und druf schmeckt wieder 's Schaffe gut.

E Freudestund, e guti Stund!
's erhaltet Lib und Chräfte gsund;
doch muß es in der Ordning goh,
sust het me Schand und Leid derbo.

E frohe Ma, ne brave Ma!
Jezt schenket i, und stoßet a:
„Es leb der Marggrob und si Huus!"
Ziehnt d'Chappen ab, und trinket us!

Ne bessre Her trait d'Erde nit,
's isch Sege, was er thuet und git.
i cha's nicht sage, wieni sott:
Vergelts em Gott!  Vergelts em Gott!

Und 's Bergwerch soll im Sege stoh!
's het menge Burger 's Brod derbo.
Der Her Inspekter lengt in Trog,
und zahlt mit Freud, es isch kei Frog.

Drum schenket i, und stoßet a!
Der Her Inspekter isch e Ma,
mit üsers Gattigs Lüte g'mei,
und fründli gege groß und chlei.

Er schafft e guete Wi ufs Werk,
er holt en über Thal und Berg,
er stellt en luter uffe Tisch,
und mißt, wie's recht und billig isch.

Sell isch verbei, der Ma am Füür
muß z'trinke ha, wärs no so thür.
Es rieslet menge Tropfe Schweiß,
und wills nit go, men ächzet eis.

Me streift der Schweiß am Ermel ab,
me schnufet, d'Bälg verstuune drab,
und mengi liebi Mitternacht
wird so am heiße Herd verwacht.

Der Schmelzer isch e plogte Ma,
drum bringem's ein, und stoßet a:
Gsegott! Vergiß di Schweiß und Ach,
's het jeden Andren au si Sach!

Am Zahltag theiltisch doch mit kei'm,
und bringsch der Lohn im Nastuech heim,
se luegt di b'Marei fründli a,
und seit: „J ha ne brave Ma!"

Druf schlacht sie Eiern-Anken i,
und sträut e wenig Imber dri;
sie bringt Salat und Grüebe dra,
und seit: „Jez iß, du liebe Ma!"

Und wenn e Ma si Arbet thuet,
se schmeckt em au si Esse guet.
Er tuuschti nit in Leid und Lieb
mit mengem riche Galge-Dieb.

Mer sitze da, und 's schmektis wohl.
Gang, Chüngeli, lengis no nemol,
wil doch der Ofe wieder goht,
und 's Erz im volle Chübel stoht!

So brenn er denn zu guter Stund,
und Gott erhaltich alli gsund,
und Gott biwahrich auf der Schicht,
aß niemes Leid und Unglück gschicht!

Und chunnt in strenger Winters Zit,
Wenn Schnee uf Berg und Firste lit,
en arme Bueb, en arme Ma,
und stoht ans Füür, und wärmt si dra,

und bringt e paar Grumbireli,
und leits ans Füür, und brotet sie,
und schloft by'm Setzer uffem Erz —
schlof wohl, und tröst der Gott di Herz!

Dört stoht so ein.  Chumm, arme Ma,
und thunis Bscheid, mer stoßen a!
Gsegott, und tröst der Gott di Herz!
me schloft nit lieblig uffem Erz.

Und chunnt zur Zit e Biderma
ans Füür, und zündet 's Pfifli a,
und setzt sie näumen aue mit,
se schmecks em wohl, und — brenn di nit.

Doch fangt e Büebli z'rauchen a,
und meint, es chönns, as wie ne Ma,
so macht der Schmelzer churze Bricht,
und zieht em's Pfifli usem Gsicht.

## Erste Abtheilung.

Er keits ins Füür, und balgt derzu:
„Heschs au scho glehrt, du Lappi du!
„Sug amme Störzli Habermark,
„Weisch? Habermark macht d'Bube stark!"

's isch wohr, 's git mengi Churzwiil mehr
am Sunntig no der Chinderlehr,
und strömt der füürig Ise-Bach
im Sand, es isch e schöni Sach.

Frog menge Ma: „Sag, Nochber, he!
„heisch au scho Jse werde seh
„im füür'ge Strom, de Forme no?"
Was gilts, er cha nit sage: Jo!

Mir wüsse, wie me 's Jse macht,
und wie's im Sand zu Massle bacht,
und wiemes druf in d'Schmidte bringt,
und d'Luppen unterm Hammer zwingt.

Jez schenket i, und stoßet a:
Der Hammermeister isch e Ma!
Wär Hammer-Schmid und Zeiner nit,
do läg e Sach, was thät me mit?

Wie giengs im brave Hamberchs-Ma?
's muß jede Stahl und Jse ha;
und muß der Schnider d'Roble ge,
sen ischs au um si Nahrig gscheh.

Un wenn im früeihe Morgeroth
der Buur in Feld und Fuhre stoht,
je muß er Charst und Haue ha,
just ischt er e verlohrne Ma.

Zum Broche brucht er d'Wägese,
zum Meihe brucht er d'Sägese,
und d'Sichle, wenn der Weize bleicht,
und 's Messer, wenn der Trübel weicht.

So schmelzet denn und schmiedet ihr,
und dankich Gott der Her derfür!
Und mach en andre Sichle drus,
und was me bruucht in Feld und Hus!

Und numme keini Sebel meh!
's het Wunde gnueg und Schmerze ge;
's hinkt Mengen ohni Fueß und Hand,
und Menge schloft im tiefe Sand.

Kei Hurlibaus, ke Füsi meh!
Mer hen 's Lamento öbbe gseh,
und ghört, wie's in de Berge chracht,
und Aengste gha die ganzi Nacht.

Und glitte hemmer, wa me cha;
drum schenket i, und stoßet a:
Uf Völker-Fried' und Einigkeit
von nun a bis in Ewigkeit!

Jez zahlemer! Jez göihmer hei,
und schaffe hüt no allerlei,
und bengle no bis tief in b'Nacht,
und meihe, wenn der Tag verwacht.

### Der Morgen-Stern.

Woher so früeih, wo ane scho,
Her Morge-Stern enanderno,
in diner glitzrige Himmels-Tracht,
in diner guldige Locke-Pracht,
mit dinen Auge chlor und blau
und sufer g'wäschen im Morge-Thau?

Hesch gmeint, de seisch elleinig do?
Nei weger nei, mer meihe scho!
Mer meihe scho ne halbi Stund;
früeih ufsto isch de Gliedere gsund;
es macht e frische frohe Mueth,
und b'Suppe schmeckt eim no so guet.

's git Lüt, sie dose frili no,
sie chönne schier nit use cho.
Der Mähder und der Morge-Stern
stöhn zitli uf, und wache gern,
und was me früeih um Vieri thuet,
das chunnt eim z'Nacht um Nüni guet.

Und b'Vögeli sind au scho do,
sie stimmen ihri Pfifli scho,
und uffem Baum und hinterm Hag
seit eis im andre guete Tag!
Und 's Turtel-Tübli ruuft und lacht,
und 's Betzit-Glöckli isch au verwacht.

„Se helfis Gott, und gebis Gott
„e guete Tag, und bhütis Gott!
„Mer beten um e christlig Herz,
„es chunnt eim wohl in Freud und Schmerz;
„wer christli lebt, het frohe Mueth:
„der lieb Gott stoht für alles guet."

## Erste Abtheilung.

Weisch, Jobbeli, was der Morge=Stern
am Himmel suecht? Me seits nit gern!
Er wandlet imme Sternli no,
er cha schier gar nit vonnem lo;
Doch meint si Muetter, 's müeß nit sy,
und thuet en wie ne Hüenli i.

Drum stoht er uf vor Tag, und goht
si'm Sternli no dur's Morgeroth;
er suecht, und 's wird em windeweh,
er möcht em gern e Schmützli ge,
er möcht em sagen: J bi der hold!
es wär em über Geld und Gold.

Doch wenn er schier gar binem wär,
verwacht si Muetter handumcher,
und wenn sie rüeft enanderno,
sen isch mi Bürstli niene do.
Druf flicht sie ihre Chranz ins Hoor,
und lueget hinter de Berge vor.

Und wenn der Stern si Muetter sieht,
se wird er todesbleich und flieht,
er rüeft si'm Sternli: Bhüetdi Gott!
es isch, as wenn er sterbe wott.
Jez, Morge=Stern, hesch hohi Zit,
di Müetterli isch nümme wit.

Dört chunnt si scho, was hani gseit,
in ihrer stille Herrlichkeit!
Sie zündet ihre Strahlen a,
der Chilch=Thurn wärmt si au scho dra.
und wo sie fallen in Berg und Thal,
se rüehrt si 's Leben überal.

Der Storch probiert si Schnabel scho,
„de chaschs perfekt, wie gester no!"
und d'Chemi rauchen au alsgmach;
hörjch 's Mühli=Rad am Erle=Bach,
und wie im dunkle Bueche=Wald
mit schwere Streiche d'Holz=Ax fallt?

Was wandlet dört im Morge=Strahl
mit Tuech und Chorb dur's Matte=Thal?
's sind d'Meidli jung, und flink und froh,
sie bringe weger d'Suppe scho,
und 's Anne Meili vornen a,
es lacht mi scho vo witem a.

Wenn ich der Sunn ihr Büebli wär,
und 's Anne Meili chäm ung'fähr
im Morgeroth, ihm giengi no,
i müeßt vom Himmel abe cho,
und wenn au d'Muetter balge wott,
i chönnts nit lo, verzeih mers Gott!

### Der Karfunkel.

Wo der Aetti si Tuback schnätzlet, se lueget en d'Marei
fründlig und bittwis a: „Verzelis näumis, o Aetti,
„weisch so wieder, wie necht, wo's Chüngi het welle vertschlofe!"
Drüber rucke 's Chüngi, und's Anne Bäbi und d'Marei
mit de Chunklen ans Liecht, und spanne d'Saiten, und striche
mittem Schwärtli 's Rad, und zupfen enander am Ermel.
Und der Joppi nimmt e Hampfle Liechtspöhn, und setzt si
nebene Liechtstock hi, und seit: „Das willi verrichte."
Aber der Hans Jerg lit e lange Weg überen Ofe,
lueget aben und denkt: „Do obe höri's am beste,
„und bi Niemes im Weg." Druf, wo der Aetti si Tuback
gschnitte het, und 's Pfifli gfüllt, se chunt er an Liechtspohn,
und hebt's Pfifli drunter, und trinkt in gierige Züge,
bis es brennt. Druf druckt er 's Füür mit den Fingeren abe,
und macht 's Deckeli zue. „Se willi denn näumis verzehle,"
seit er, und sitzt nieder, „doch müender ordeli still sy,
aß i nit verstuun, ebs us isch, und du dört obe
pack di vom Ofen abe! Hesch wieder niene ke Platz g'wüßt?
Ischs der z'wohl, und g'lust's di wieder no nem Charfunkel?
Numme ken, wie sell ein gsi isch, woni im Sinn ha. —
's isch e Plätzli näumen, es gohst nit Ege no Pflug druf,
Hurst an Hurst scho hundert Johr und giftige Chrüter,
's singt kei Troftle drinn, kei Summervögeli bsuecht sie,
breiti Dosche hücte dört e zeichnete Chörper.

's wär ke'ungschickt Bürschli gsi. sel seit me, doch seig er
zitlich ins Wirthshus g'wandlet, und über Bibel und Gsangbuch
sin em d'Charte gsi am Samstig z'oben und Sunntig.
Flueche het er chönne, ne Hex im ruetzige Chemmi
hätt si bsegnet und bettet, und d'Sternen am Himmel hen zittert.
's het e mol im grüene Rock e borstige Jäger
zug'luegt, wie sie spiele. Mit unerhörte Flüeche
het der Michel Stich um Stich und Büeßli verlohre.
„Du vertlauffsch mer nit!" seit für si selber der Grüenrock.
d'Wirthene hets no ghört, und denkt: „Ischs öbbe ne Werber!"
's isch ke Werber gsi, der werdets besser erfahre,
wenn der Michel g'wibet het, und 's Güetli verlumpet.

## Erste Abtheilung.

Was het 's Stroßwirths Tochter denkt? Sie het em us Liebi
Hand und Jowort ge, doch nit us Liebi zum Michel,
nei, zu Vater und Mutter, es isch ihr Willen und Wunsch gsi.
Sellen Oben ischs in schwere Gidanke vertschlofe,
selli Mittnacht hets e schwere bidütsame Traum gha.
's isch em gsi, es chömm vo Staufe füren an d'Landstroß:
an der Landstroß goht e Chapeziner und bettet
„Schenket mer au ne Helgli, Herr Pater, went der so gut sy!
„Bini nit e Brunt? 's cha sy, 's het gueti Bidütig."
Landsem schüttlet si Chopf der Pater, und unter der Chutte
lengt er e Hampfle voll Helge. „Do zieh der selber eis use!"
Seits, und wo nes zieht, so lengt's in schmutzigi Charte.
„Hesch recht 's Eckstei=Aß? 's bidütet e rothe Charfunkel:
„'s isch fe guete Schick." — „Jo weger," seit es, „das hani."
Wieder seit der Pater: „Se zieh denn anderst, o Brütli!
„Hesch echt siebe Chrütz?" — „Jo weger," seit es und süfzget. —
„Tröst di Gott, zieh anderst! Es chönne no besseri drinn sy.
„Hesch e bluetig Herz?" — „Jo weger!" seits und erschrickt drob. —
„Jez zieh no ne mol, 's cha sy, di Heilige chunnt no!"
„Ischs der Schuflebueb?" — „Es wird wol', bschauet en selber!" —
„Jo de hesch en! Tröst di Gott! Er schuflet di abe."
So hets im Kätterli traumt, und so hets sel e mol gschlofe.
Stroßwirths Tochter, was hesch denkt, und hesch mer en doch g'no?
Jo, es het so müeßen und gseit: „Ins Here Gotts Name!
„No de siebe Chrützen und hinterem bluetige Herze
„chunt mi Heilige, wills der Her, und schuflet mi abe."
Z'erst hätt's möge go. Zwor mengmol het no der Michel
gspielt und trunfe, bis gnueg, und gfluecht, und 's Kätterli ploget,
Mengmol isch er in si gange, wenn 's en mit Thräne
bittet het, und bette. Ne mol se seit er: „Jez willi
„Mit der akkordieren, und d' Charte willi verflueche.
„Soll mi der Teufel hole, sobald i eini me arühr!
„Aber ins Wirthshus gangi, sel willi, sel chani nit mide.
„Grums und hül, so lang 's der g'fallt, ich cha der nit helfe!"
Het er 's Erst nit ghalte, sen isch er im Andere treu gsi.
Woner ins Wirthshus chunnt, se sitzt mi borstige Grüenrock
hinterem Tisch, selb dritt, und müschlet d' Charten, und rüeft em:
„Bisch mer e Cammerad, se chumm, se wemmer eis mache!"
„Ich nitt," seit der Michel. „Bas Margreth, leng mer e Schöppli!"
„Du nit?" seit der Grüen. „Chumm numme, bis de di Schoppe
„trunke hesch, und 's goht um nüt, mer mache für Churzwiil!"
„He," denkt binem selber der Michel, „wenn es um nüt goht,
„sel isch io nit g'spielt," und setzt si nebene Grüenrock.
's chunt e Chnab ans Fenster mit lockiger Stirnen, und rüeft em:
„Meister Michel, uf e Wort! Der Stroße=Wirth schickt mi.

„Schik en wieder," seit er, „ich weiß scho, was er im Chopf het!
„Wer spielt us, und was isch Trumpf? und g'stoche das Eckstei!"
Druf und druf! Z'lezt seit der Grüen: „Was bisch du ne Glückschind!
„Möchtsch nit umme Chrützer mache?" Sell isch iez eithue,
denkt der Michel, gspielt isch gspielt, und seit: „Es isch eithue "
„Chömmet," rüeft der Chnab, und pöpperlet wieder am Fenster,
„Nummen uf en einzig Wörtli!" — „Los mi ung'heit iez?
„Chrütz im Baum, und Schufle no, und no ne mal Schufle!"
Und so gohts vom Chrützer bis endli zue der Dublone.

Wo sie aufstöhn, seit der Grüenrock: „Michel, i cha bi
„iez nit zahle. Magsch derfür mi Fingering bhalte,
„bis i en wieder lös. Es fin verborgeni Chräfte
„in dem rothe Charfunkel. O lueg doch, wie ner ein a'blitzt!"
's dritmol chlopfts am Fenster: „O Michel, chömmet, wil's Zit isch!"
„Laß en schwetze," seit der Grüenrock, „wenn er nit goh will!
„Nimm du do mi Fingering, und wenn de ke Chrützer
„Geld beheim, und niene hesch, es cha der nit fehle.
„Wenn der Ring am Finger steckt und wenn de in Sack lengsch
„alli Tag emol, so hesch e bairische Thaler.
„Nummen an kem Firtig, i wott der das selbser nit rothe.
„Chasch mi witers bruche, so rüef mer nummen! I hör di.
„Heißi nit Bizli Buzli, und hani d'Ohre nit bimer?"

Sieder briegget d'Frau beheim im einzene Stübli,
und liest in der Bibel und im verrissene Betbuech,
und der Michel chunnt und schändet: „Findi di wieder
„an dim ewige Betten und dunderschießige Hüle?
„Lueg do, was i gunne ha, ne rothe Charfunkel!"
's Kätterli verschrickt: „O Jesis," seit es, „was siehni!
„'s isch ke guete Schick!" — und sinkt dernieder in Ohnmacht.

Wärsch doch nümme verwacht, wie menge bittere Chummer
hättsch verschlofen, armi Frau, wo diner no wartet!

Jez wirds tägli schlimmer. Uf alle Merte flankiert er,
alli Chülbene bsuecht er, und wo me ne Wirthshus bitrittet,
z'Nacht um Zwölfi, Vormittag und z'oben um Vieri,
sitzt der Michel dört, und müschlet trüeglichi Charte.
's Chind verwildert, 's Gütli schwindet, Acker um Acker
chunnt an Stab und d'Frau vergoht in bittere Thräne.
Goht er öbbe heim, gits schnödi Reden und Antwort:
„Chunnsch du Lump?" Und so und so. — Mit trunkene Lippe
fluecht der Michel, schlacht si Frau. Jez muß er zuem Pfarrer,
iez vor Oberamt, und mittem Haschierer im Thurn zue.
Goht er schlimm, se chunnt er ärger, wennem der Bizli
Buzli wieder d'Ohre strüicht, und Gallen ins Bluet mischt.

So währts siebe Johr. Emol je bringt en der Buzli
wieder usem Thurn, und „Allo göhn mer ins Wirthshus,
„eb de heim chunnsch mit de Streiche, wo sie der ge hen!
„Was der d'Frau zum Willkumm g'chocht het, wird di nit brenne.
„Los, de duursch mi, wenn i dra denk, 's möcht mi versprenge
„wie's der goth, und wie der b'Frau di Lebe verbittret.
„So ne Ma, wie du, wo's Tags si Thaler verthue cha.
„Glückli bisch im Spiele, doch no nem leidige Sprüchwort,
„mittem Wibe hesch's nit troffe, chani der sage.
„Wärsch ellei, wie hättsch's so guet, und lebtisch so rüeihig!
„'s pin'get di, me sieht ders an, und d'Odere schwelle.
„Trink e Schlückli Brenz, er chuelt der öbbe di Fast ab!"

Aber d'Frau deheim, mit z'sennnegschlagene Hände
sizt sie uffem Bank, und luegt dur Thränen an Himmel,
„Siebe Johr und siebe Chrütz!" so schluzget sie endli,
„'s wird mer redli wohr, und Gott im Himmel wells ende!"
Seits und nimmt e Buech und betet in Todesgidanke.
Drüber schnellt der Michel d' Thür uf, und fürchterli schnauzt er:
„Hülsch au wieder? Du hesch's nöthig, falsche Canali!
„Sur-Chrut choch mer!" 'sKätterli seit: „'s isch niene ke Füür meh!"
„Sur-Chrut willi! Lueg, i dreih der 's Messer im Lib um." —
„Lieber hüt, as morn. De bringsch mi untere Bode
„ei Weg wie der ander, und 's Büebli hesch mer scho g'mordet." —
„Di soll der Dunder und 's Wetter in Erdsbode abe verschlage!"
Seit's und zuckt, und sinnlos schwanket 's Kätterli nieder.
„O mi bluetig Herz!" so stöhnts no lisli wo's umfallt.
„Chumm, o Schuflebueb, do heschmi, schufle mi abe!"
Jez der Michel furt, vom schnelle Schrecken ergriffe,
lauft ins Feld, der Bode schwankt, und 's raslet im Nußbaum.
„Bizli Buzli roth mer du!" So rüeft er. Der Buzli,
hinterm Nußbaum stoht er, un chunnt, und frogt en: „Was fehlt der?"
„D'Kätheri hani verstoche, iez roth mer, was i soll mache!" —
„Isch das Alles?" seit der Buzli. „Weger de chasch ein
„doch verschrecken, aß me meint, was Wunder passiert seig!
„Närsch, iez chasch im Land nit blibe, 's möcht e Verdruß ge.
„Isch nit dört der Rhi? und chumm, ich will di bigleite,
„'s stoht e Schiff am Gstad!" — Jez stige sie ehnen im Sunggäu
frisch ans Land, und quer durs Feld. Im einseme Wirthshus
brennt e Liecht. „Mer wenn doch luege, wer no do in isch,"
seit der Grüen, „wer weiß, du chasch der d'Grille vertribe!"

Aber im Wirthshus sitze no spoti nächtligi Gselle,
und 's goht vornen a mit Banketieren und Spiele.
„Chrütz isch Trumpf! Und no ne mol! Und chönnetder die do?
„Gstoche die; und no ne Trumpf! Und — gstoche das Herzli!" —

's isch scho halber Zwölfi. Will echt mit lockiger Stirne
iez ke Chnab erschine? Nei weger! Michel, es endet!
O, wie spielsch so söllich ungschickt? G'stoche das Herzli,
lengt em tief in d'Seel, und alli mol, wenn er e Stich macht,
wiederholts der Grüen, und wirft im Michel e Blick zue.
Drüber warnts uf Zwölfi. Mit alliwil schlechtere Charte
spielt er alliwill schlechter, und zahlt afange mit Chride.
Druf hets Zwölfi gschlage. Jez lengt er mit g'ringletem Finger
frisch in Sack: „Wer wechslet no ne bairische Thaler?"
Schlechti Münz, Her Michel! Er lengt in glasigi Scherbe,
thut e Schrei, und luegt mit Gruus und Schrecke der Grüen a.
Aber der Buzli leert si Brenntewi=Gläsli und schmazget:
„Michel, chumm iez furt, der Wirth würd wellen ins Bett goh!
„'s chömme hüt viel Gäst, sie hen e luftige Firtig.
„Isch nit Ludwigstag, der fünfezwenzigst Augusti?
„Dreih am Ring, so lang de witt, de bringsch en nit abe!"
O, wie het der Michel g'lost — e lustige Firtig!
O wie het er d'Füeß am Tischbei unte verchlammert!
's hilft nit lang, und thut nit guet. Mit ängstlichem Bebe
stoht er uf, und seit ke Wort, und göhn mit enander,
vornen a der Grüen, und an de Ferse der Michel,
wie ne Chalb im Metzger folgt zur bluetige Schlachtbank.
Oebbe ne Büchseschuß vom Wirthshus stellt en der Buzli.
„Michel," seit er, „lueg, es stoht kei Sternli am Himmel!
„Lueg, der Himmel hangt voll Wetter über und über!
„'s goht kei Luft, es schwankt kei Nast, es rüehrt si ke Läubli,
„und du bisch mer au so still. I glaub, de witt bette,
„oder machst der d' Uerthen und isch der's Lebe verleidet?
„Wie de meinsch! Di Wahl isch schlecht, i mueß der's bikenne.
„Se, do hesch e Messer! I ha's am Blozemer Mert g'chauft!
„Hau der d'Gurgele selber ab, se chost's di ke Trinkgeld!"

* * *

So het der Aetti verzehlt, und mit engbrüstigem Othem
seit druf d'Muetter: „Bisch bal ferig? Mach mer die Meidli
„nit so z'förche, 's sin doch nummen erdichtete Mährli!" —
„Jo, i bin jo ferig!" erwiedert der Aetti, „dört lit er
„Mit sim Ring im Dorne=Ghürst, wo d'Trostle nit singe."
Aber d'Marei seit: „O Muetter, wer wird em denn förche!
„Denksch, i merk nit, was er meint, und was er will sage?
„Jo, der Bizli Buzli, das isch die bös Versuechig.
„Lockt sie nit, und füehrt sie nit in Sünden und Elend,
„wenn e Mensch nit bette mag, und folgt nit, und schafft nüt!
„Und der lockig Chnab isch gueti Warnig im Gewisse.
„O, i chenn mi Aetti wohl, und sini Gidanke!"

## Das Herzlein.

Und woni uffem Schnid-Stuehl sitz
für Basseltang, und Liechtspöhn schnitz,
so chunt e Herzli wohlgimueth,
und frogt no frei: „Hauts Messer guet?"

Und seit mer frei no **Guete Tag**!
und woni lueg, und woni sag:
„'s chönnt besser go, und **Große Dank**!"
so wird mer's Herz uf eimol chrank.

Und uf, und furt enanderno,
und woni lueg, isch's nümme do,
und woni rüef: „Du Herzli he!"
se gits mer scho kei Antwort meh.

Und sieder schmeckt mer's Esse nit;
stell umme, was de heisch und witt,
und wenn en Anders schlofe cha,
se höri alli Stunde schla.

Und was i schaff, das g'rothet nit,
und alli Schritt und alli Tritt,
se chunnt mim Sinn das Herzli für,
und was i schwetz, isch hinterfür.

's isch wohr, es het e Gsichtli gha,
's verluegti si en Engel dra,
und 's seit mit so 'me freie Mueth,
so lieb und süeß: „Hauts Messer guet?"

Und leider hani's ghört und gseh,
und sellemols und nümme meh.
Dört isch's an Hag und Hurst verbei,
und witers über Stock und Stei.

Wer spöchtet mer mi Herzli us,
wer zeigt mer siner Muetter Hus?
I lauf no, was i laufe cha,
wer weiß, se triffi's doch no a!

I lauf no alli Dörfer us,
i suech und frog vo Hus zu Hus,
und würd mer nit mi Herzli chund,
se würdi ebe nümme g'sund.

### Der Mann im Mond.

„Lueg, Müetterli, was ifch im Mo'?"
He, fiehfch§ denn nit, e Ma!
„Jo wegerli, i fieh ne fcho.
„Er het e Tfchöpli a."

„Was tribt er denn di ganzi Nacht,
„er rüehret io kei Glied?"
He, fiehfch nit, aß er Welle macht?
„Jo, ebe dreiht er b'Wied."

„Wär i, wie er, i blieb behei,
„und machti b'Welle do."
He, ifch er denn us üfer Gmei'?
Mer hen fcho felber fo.

Und meinfch, er chönn fo, wiener well?
Es wird em, was em g'hört.
Er ging wol gern — der fufer Gfell
muß fchellewerche dört.

„Was het er bosget, Müetterli?
„Wer het en bannt dörthi?"
Me het em gfeit der Dieterli,
e Nüßnuß ifch er gfi.

Ufs Bete het er nit viel gha,
ufs Schaffen o nit viel,
und öbbis muß me triebe ha,
fuft het me langi Wil.

Drum, het en öbbe nit der Vogt
zur Strof ins Hüsli gfpert,
fen ifch er ebe z'Chander g'hockt,
und het b'Butelli g'lert.

„Je, Müetterli, wer het ems Geld
„zu fo me Lebe ge?"
Du Närfch, er het in Hus und Feld
fcho felber wüffe z'neh.

Ne mol, es ifch e Sunntig gfi,
fo ftoht er uf vor Tag,
und nimmt e Beil, und tummlet fie,
und lauft in Lieler Schlag.

Er haut die fchönfte Büechli um,
macht Bohne=Stecke drus,
und treit fie furt, und luegt nit um,
und ifch fcho faft am Hus.

Und ebe goht er uffem Steg,
se ruuscht em öbbis für:
„Jez, Dieter, gohts en andre Weg!
„Jez, Dieter, chumm mit mir!"

Und uf und furt, und siber isch
kei Dieter wit und breit.
Dört obe stoht er im Gibüsch
und in der Einsemkeit.

Jez haut er innige Büechli um;
iez chuchet er in d'Händ;
iez dreiht er d'Wied, und leit sie drum,
und 's Sufe het en End.

So gohts dem arme Dieterli,
er isch e gstrofte Ma!
„O bhüetis Gott, lieb Müetterli,
„i möchts nit mittem ha!"

Se hüt di vorem böse Ding,
's bringt numme Weh und Ach!
Wenn's Sunntig isch, se bet und sing;
am Werchtig schaff di Sach.

---

### Die Marktweiber in der Stadt.

I chum do us 's Rothshere Hus,
's isch wohr, 's sieht proper us;
doch ischs mer, sie heigen o Müeih und Noth
und allerlei schweri Gidanke,
  „Chromet süeßen Anke!"
wies eben überal goht.

Jo weger, me meint, in der Stadt
seig alles sufer und glatt;
die Here sehn eim so luftig us,
und 's Chrüz isch ebe durane,
  „Chromet iungi Hahne!"
mengmol im properste Hus.

Und wemme g'chämpft muß ha,
gohts, meini, ehnder no a
im Freie dusse, wo d'Sunn o lacht,
und Bluemen und Aehri schwanke,
  „Chromet süeßen Anke!"
und d'Sterne flimmere z'Nacht

Und, wenn der Tag verwacht,
was isch nit für e Pracht!
Der lieb Gott, meint me, well selber cho,
er seig scho an der Chrischone*),
   „**Chromet grüeni Bohne!**"
und chömm iez enanderno.

Und b'Vögeli meine's o,
sie werde so busper und froh,
und singe: „Her Gott, dich loben wir!"
und 's glitzeret ebe z'send ane;
   „**Chromet iungi Hahne!**"
's isch wohr, me verlueget sie schier.

Und faßt e frische Mueth,
und denkt: Gott meint is guet,
just hätt der Himmel kei Morgeroth;
er willis nummen o üebe.
   „**Chromet geli Rüebe!**"
Mer brauche ke Zuckerbrod.

Und innewendig am Thor
het Menge b'Umhäng no vor,
er schloft no tief, und 's traumt em no.
Und ziehn sie der Umhang fürsi,
   „**Chromet schwarzi Chirsi!**"
je simmer scho alli do.

Drum merke sies selber schier,
und chömme zuem Pläsier
ufs Land, und hole ne frische Mueth
im Adler und bim Schwane,
   „**Chromet iungi Hahne!**"
und 's schmecktene zimli guet.

Und doch meint so ne Her,
er seig weiß Wunder mehr,
und luegct ein numme halber a.
Es dunkt mi aber, er irr sie;
   „**Chromet süeßi Chirsi!**"
Mi Hans isch au no e Ma.

Rich sin sie, 's isch kei Frog,
's Geld het nit Platz im Trog.
Mir thuet bym Bluest e Büeßli weh,
bi ihne heißt es: Dublone,
   „**Chromet grüeni Bohne!**"
und hen no alliwil meh.

---

*) Alte Kirche auf einem Bergrücken.

Erste Abtheilung. 25

Was choft en Immis nit?
's heißt numme: Mul, was witt?
Paftetli, Strübli, Fleisch und Fisch,
und Törtli und Makrone.
 „Chromet grüeni Bohne!'
Der Platz fehlt uffem Tisch.

Und erst der Staat am Lib!
me cha's nit seh vor Chib.
Lueg numme die chospere Junten a!
I wott, sie schenkte mir sie.
 „Chromet schwarzi Chirsi!"
Sie chönnte mini drum ha.

Doch isch eim 's Herz bitrüebt,
se gib em, was em b'liebt,
es schmeckt em nit, und freut en nit;
es goht eim wie de Chranke.
 „Chromet süeßen Anke!"
Was thuet me denn dermit?

Und het me Chrütz und Harm,
sen isch me ringer arm;
me het nit viel, und bruucht nit viel,
und isch doch sicher vor Diebe,
 „Chromet geli Rüebe!"
Z'letzt chunnt men o zum Ziel.

Jo gell, wenn 's Stündli schlacht?
He, jo, 's bringt iedi Nacht
e Morgen, und me freut si druf.
Gott het im Himmel Throne,
 „Chromet grüeni Bohne!'
Mer wen do das Gäßli uf.

---

## Der Sommerabend.

O, lueg doch, wie isch b'Sunn so müed
lueg, wie sie d'Heimeth abezieht!
O lueg, wie Stral um Stral verglimmt,
und wie sie 's Fazenetli nimmt,
e Wülkli, blau mit roth vermüscht,
und wie sie an der Stirne wüscht.

's isch wohr, sie het au übel Zit
im Summer gar, der Weg isch wit,
und Arbet findt sie überal,
in Hus und Feld, in Berg und Thal
's will Alles Liecht und Wärmi ha,
und spricht sie um e Segen a.

Meng Blüemli het sie usstaffiert,
und mit scharmante Farbe ziert,
und mengem Immli z'trinke ge,
und gseit: Hesch gnueg und witt no meh?
Und's Chäferli het hinteno
doch au si Tröpfli übercho.

Meng Some-Chöpfli het sie gsprengt,
und 's zitig Sömli use g'lengt.
Hen d'Vögel nit bis z'allerletzt
e Bettles gha, und d'Schnäbel g'wetzt?
Und kein goh hungerig ins Bett,
wo nit si Theil im Chröpfli het.

Und wo am Baum e Chriesi lacht,
se het sie'm rothi Bäckli gmacht;
und wo im Feld en Aehri schwankt,
und wo am Pfohl e Rebe rankt,
se het sie ehen abe glengt,
und het's mit Laub und Bluest umhengt.

Und uf der Bleichi het sie gschaft
hütie und ie us aller Chraft.
Der Bleicher het si selber g'freut,
doch hätt er nit: Vergelts Gott! gseit.
Und het e Frau ne Wöschli gha,
se het sie trochnet druf und dra.

's isch weger wohr, und überal,
wo d'Sägesen im ganze Thal
dur Gras und Halme gangen isch,
se het sie gheuet froh und frisch.
Es isch e Sach by miner Treu,
am Morge Gras und z'Obe Heu!

Drum isch sie iez so fölli müed,
und bruucht zum Schlof kei Obe-Lied;
kei Wunder, wenn sie schnuuft und schwitzt.
Lueg wie sie dört uf's Bergli sitzt!
Jez lächlet sie zum letzte mol,
iez seit sie: Schlofet alli wohl!

Erste Abtheilung.

Und d'unten ischt sie! Bhüet di Gott!
Der Guhl, wo uffem Chilchthurn stoht,
het no nit gnueg, er bschaut sie no.
Du Wunderwitz, was gafsch denn so?
Was gilts, sie thuet der bald derfür,
und zieht e rothen Umhang für!

Sie duuret ein, die gueti Frau,
sie het ihr redli Hus=Chrütz au.
Sie lebt gwiß mittem Ma nit guet,
und chunnt sie heim, nimmt er sie Huet.
und was i sag, iez chunnt er bald,
dört sitzt er scho im Fohre=Wald.

Er macht so lang, was tribt er echt?
Me meint schier gar, er trau nit recht.
Chumm numme, sie isch nümme do,
's wird Alles iy, je schloft sie scho.
Jez stoht er uf, und luegt ins Thal,
und 's Möhnli grüeßt en überal.

Denkwohl, mer göhn iez au ins Bett,
und wer kei Dorn im G'wisse het,
der brucht zum Schlofen au kei Lied;
me wird vom Schaffe selber müed;
und öbbe hemmer Schöchli gmacht,
drum gebis Gott e gueti Nacht!

---

### Die Mutter am Christ-Abend.

Er schloft; er schloft! Do lit er, wie ne Gros!
Du lieben Engel, was i bitt,
bi Lib und Lebe verwach mer nit,
Gott gunnts mi'm Chind im Schlof!

Verwach mer nit, verwach mer nit!
Di Muetter goht mit stillem Tritt,
sie goht mit zartem Muetter=Sinn,
und holt e Baum im Chämmerli d'inn.

Was henki der denn dra?
Ne schöne Lebkueche=Ma,
ne Gitzeli, ne Mummeli
und Blüemli wiiß und roth und gel,
vom allerfinste Zucker=Mehl.

's isch gnueg, du Muetter-Herz!
Viel Süeß macht numme Schmerz,
Gieb's sparsem, wie der liebi Gott,
nit all' Tag helfet er Zucker-Brod.

Jez Rümmechrüsliger her,
die allerschönste, woni ha,
's isch nummen au kei Möseli dra
Wer het sie schöner, wer?

's isch wohr, es isch e Pracht,
wa so en Oepfel lacht;
und isch der Zucker-Beck e Ma,
je mach er so ein, wenn er cha.
Der lieb Gott het en gmacht.

Was hani echt no meh?
Ne Fazenetli wiiß und roth,
und das eis vo de schöne.
O Chind, vor bittere Thräne
biwahr di Gott, biwahr di Gott!

Und was isch meh do inn?
ne Büechli, Chind, 's isch au no di.
I leg der schöni Helgli dri?
und schöni Gibetli sin selber drinn.

Jez chönnte, traui, goh;
es fehlt nüt meh zum Guete —
Poß tausig, no ne Ruethe!
Do isch sie scho, do isch sie scho!

's cha sy, sie freut di nit,
's cha sy, sie haut der 's Büdeli wund;
doch witt nit anderst, sen ischs der gsund;
's mueß nit sy, wenn d' nit witt.

Und willschs nit anderst ha,
in Gottis Name seig es drum!
Doch Muetter-Lieb isch zart und frumm,
sie windet rothi Bendeli dri,
und macht e Letschli dra.

Jez wär er usstaffiert,
und wie ne Mai-Baum ziert,
und wenn bis früeih der Tag verwacht,
het's Wienecht-Chindli Alles gmacht.

De nimmtsch's und danksch mer's nit;
Drum weisch nit, wer der's git.
Doch machts der numme ne frohe Mueth,
und schmeckts der numme, sen isch's scho guet.
 Bim Bluest, der Wächter rüeft
scho Delfi! Wie doch d'Zit verrinnt,
und wie me si vertieft,
wenn 's Herz an näumis Nahrig findt
 Jez bhütdi Gott der Her!
En andri Cheri mehr!
Der heilig Christ isch hinecht cho,
het Chindes Fleisch und Bluet ag'no!
Wärsch au so brav, wie er!

## Eine Frage.

Sag, weisch denn selber au, du liebe Seel,
was 's Wienechtchindli isch, und hesch's bidenkt?
Denk wol i sag der's, und i freu mi druf.
 O, 's isch en Engel usem Paradies,
mit sanften Augen und mit zartem Herz.
Vom reine Himmel aber het en Gott
de Chindlene zum Trost und Sege gschickt.
Er hüetet sie am Bettli Tag und Nacht.
Er deckt sie mittem weiche Fegge zue,
und weiht er sie mit reinem Othem a,
wird's Aeugli hell und 's Bäckli rund und roth).
Er treit sie uf de Händc in der G'fohr,
günnt Blüemli für sie uf der grüene Flur,
und stoht im Schnee und Rege d'Wienecht do,
se henkt er still im Wienechtchindli=Baum
e schöne Frühlig in der Stuben uf,
und lächlet still, und het si süeßi Freud,
und Muetterliebi heißt si schöne Name.
 Jo, liebi Seel, und gang vo Hus zue Hus,
sag Guete Tag, und B'hüet ich Gott, und lueg
Der Wienechtchindli=Baum verrothet bald,
wie alli Müetter sin im ganze Dorf.
 Do hangt e Baum, nei lueg me doch und lueg!
In alle Näste nüt als Zuckerbrod.
's isch nit viel nutz. Die het e närschi Freud
an ihrem Büebli, will em Alles süeß
und liebli mache, thut em, was es will.

Gib Acht, gib Acht, es chunnt e mol e Zit,
se schlacht sie d' Händ no z'semmen überm Chopf,
und seit: „Du gottlos Chind, isch das mi Dank?"
Jo weger, Müetterli, das isch di Dank!

 Jez do siehts anderst dri ins Nochbers Hus.
Scharmanti bruni Bire, welschi Nuß
und menge rothen Oepfel ab der Hurt,
e Gufebüchsli, doch wills Gott der Her
ke Gufe drin. Vom zarte Bese=Ris
e goldig Rüethli, schlank und nagelneu!
Lueg, so ne Muetter het ihr Chindli lieb!
Lueg, so ne Muetter ziehts verständig uf,
und wird mi Bürstli meisterlos, und meint,
es seig der Her im Hus, se hebt sie b'herzt
der Finger uf, und förcht ihr Büebli nit,
und seit: „Weisch nit, was hinterm Spiegel steckt?"
Und 's Büebli folgt, und wird e brave Chnab.

 Jez göhn mer wieder witers um e Hus.
Zwor Chinder gnueg, doch wo me luegt und luegt,
schwankt wit und breit ke Wienechtchindli=Baum.
Chumm, weidli chumm, do blibe mer nit lang!
O Frau, wer het die Muetterherz so g'chüelt?
Verbarmt's di nit, und gohts der nit dur d'Seel,
wie dini Chindli, wie di Fleisch und Bluet
verwildern ohni Pfleg und ohni Zucht,
und hungrig bi den andre Chinde stöhn
mit ihre breite Rufe, schüch und fremd?
Und Wi und Caffi schmeckt de doch so guet!

 Doch lueg im vierte Hus, das Gott erbarm,
Was hangt am grüene Wienechtchindli=Baum?
Viel stachlig Laub, und näume zwische drinn
ne schrumpfig Oepfeli, ne dürri Nuß!
Sie möcht, und het's nit, nimmt ihr Chind uf d'Schoß,
und wärmt's am Buese, luegets a und briegt:
der Engel stüürt im Chindli Thränen i.
Sel isch nit g'fehlt, 's isch mehr as Marzipan
und Zuckererbsli. Gott im Himmel siehts,
und het us mengem arme Büebli doch
e brave Ma und Vogt und Richter gmacht,
und usem Töchterli ne bravi Frau,
wenns numme nit an Zucht und Warnig fehlt.

### Noch eine Frage.

Und weisch denn selber au, du liebi Seel,
warum de dine zarte Chinde d'Freud
in so ne stachlig Bäumli*) ine henksch?
Wil's grüeni Blättli het im Winter, meinsch,
und spitzi Dörn, aß 's Büebli nit, wie's will,
die schöne Sache use höckle cha.
's wär nit gar übel gsehlt, doch weischs nit recht.
Denk wol, i sag ders, und i freu mi druf.

Lueg, liebi Seel, vom Menschelebe soll
der dornig Freudebaum en Abbild sy.
Nooch bi nenander wohne Leid und Freud,
und was der 's Lebe süeß und liebli macht,
und was no schöner in der Ferni schwebt,
de freusch di druf, doch in de Dörne hangts.

Was denksch derzue? Zuem Erste sagi so:
Wenn Wermeth in di Freudebecher fließt,
und wenn e scharfe Schmerz dur's Lebe zuckt,
verschrick nit drab, und stell di nit so fremd!
Di eigni Muetter selig, tröst sie Gott!
sie het ders Zeichen in der Chindheit ge.
Drum denk: „Es isch e Wienechtchindli=Baum,
nooch bi nenander wohne Freud und Leid."

Zuem Zweite sagi das: Es wär nit guet,
wenns anderst wär. Was us de Dorne luegt,
sieht gar viel gattiger und schöner us,
und 's fürnehmst isch, me het au länger dra.
's wär just, as wemme Zuckerbrod und Nuß,
und was am Bäumli schön und glitzrig hangt,
uf eimol in e Suppeschüßli thät,
und stellti's umme: „Iß, so lang de magisch,
„und näumis do isch!" Wärs nit Uhverstand?

Zuem Dritte sagi: Wemmen in der Welt
will Freude hasche, Vorsicht ghört derzue;
just lengt me bald in d'Aglen und in Dörn,
und zieht e Hand voll Stich und Schrunde z'ruck.
Denn d'Freud' hangt in de Dorne. Denk mer dra,
und thue ne wenig gmach! Doch wenn de's hesch,
je loß ders schmecke! Gunn ders Gott der Her!

---

*) Stechpalme.

### Gespenst an der Kanderer Straße.

's git Gspenster, sell isch us und isch verbei!
Gang nummen in der Nacht vo Chander hei,
und bring e Ruusch! De triffsch e Plätzli a,
und dört verirrsch. I setz e Büeßli dra.

Vor Ziten isch nit wit vo sellem Platz
e Hüsli gsi; e Frau, e Chind, e Chatz
hen g'othmet drinn. Der Ma het vorem Zelt
si Lebe g'lo im Heltelinger Feld.

Und wo sie g'hört: „Di Ma lit unterm Sand!"
se het me gmeint, sie stoß der Chopf an b'Wand.
Doch holt sie d'Pappe no vom Füür und blost,
und gits im Chind, und seit: „Du bisch mi Trost!"

Und 's wärs au gsi. Doch schlicht e mol mi Chind
zur Thüren us, und d'Muetter sitzt und spinnt,
und meint, 's seig in der Chuchi, rüeft und goht,
und sieht no just, wie's uffem Fueßweg stoht.

Und drüber lauft e Ma, voll Wi und Brenz,
vo Chander her ans Chind und überrent's,
und bis sie 'm helfe will, sen isch's scho hi,
und rüehrt sie nit, — e flösche Bueb isch's gsi.

Jez rüstet sie ne Grab im tiefe Wald,
und deckt ihr Chind, und seit: „I folg der bald!"
Sie setzt si nieder, hüetet's Grab und wacht,
und endli stirbt sie in der nünte Nacht.

Und so verwest der Lib in Luft und Wind.
Doch sitzt der Geist no dört, und hüetet's Chind,
und hütigs Tags, de Trunkene zum Tort,
goht Chand'rer Stroß verbei an selbem Ort.

Und schwankt vo Chander her e trunkne Ma,
se sieht's der Geist si'm Gang vo witem a,
und führt en abwärts, seig er, wer er sei,
er loßt en um kei Pris am Grab verbei.

Er chunnt vom Weg, er trümmlet hüst und hott,
er bsinnt si: „Bini echterst, woni sott?"
Und luegt und lost, und mauet öbbe d'Chatz,
se meint er, 's chreih e Guhl an sellem Platz.

Er goht druf dar, und über Steg und Bruck
se maut sie eben all'wil witer z'ruck;
und wenn er meint, er seig iez bald dehei,
se stoht er wieder vor der Weserei.

Doch, wandle selli Stroß her nüchteri Lüt,
se seit der Geist: „Ihr thüent mi'm Büebli nüt!"
Er rührt si nit, er loßt sie ordeli
passieren ihres Wegs. **Verstöhnt der mi?**

### Der Käfer.

Der Chäfer fliegt der Jilge zue,
es sitzt e schönen Engel dört!
Er wirthet gwis mit Bluemesaft,
und 's chostet nit viel, hani g'hört.

Der Engel seit: „Was wär der lieb?" —
„Ne Schöpli Alte hätti gern!"
Der Engel seit: „Sell cha nit sy,
sie hen en alle trunke fern."

„So schenk e Schöpli Neuen i!" —
„Do hesch eis!" het der Engel gseit.
Der Chäfer trinkt, und 's schmeckt em wohl,
er frogt: „Was isch mi Schuldigkeit?"

Der Engel seit: „He 's chostet nüt:
„Doch richtsch mer gern e G'fallen us,
„weisch was, se nimm das Bluememehl,
„und tragmers dört ins Nochbers Hus!"

„Er het zwor selber, was er bruucht,
„Doch freut's en, und er schickt mer au
„mengmol e Hämpfeli Bluememehl,
„mengmol e Tröpfli Morgethau."

Der Chäfer seit: „Jo frili, jo!
„Vergelts Gott, wenn de z'friede bisch."
Druf treit er's Mehl ins Nochbers' Hus,
wo wieder so en Engel isch.

Er seit: „I chumm vom Nochber her,
„Gott grüeß di, und er schick der do
„au Bluememehl!" Der Engel seit:
„De hättsch nit chönne iuster cho."

Er ladet ab; der Engel schenkt
e Schöpli guete Neuen i.
Er seit: „Do trink eis, wenn de magsch!"
Der Chäfer seit: „Sell cha scho sy!"

Druf fliegt er zue si'm Schätzli heim,
's wohnt in der nöchste Haselhurst.
Es balgt und seit: „Wo blibsch so lang?"
Er seit: „Was chani für mi Durst?"

Jez luegt er's a, und nimmts in Arm,
er chüßts, und isch bim Schätzli froh.
Druf leit er si ins Todebett,
Und seit zuem Schätzli: „Chumm bal no!"

Gell Sepli, 's dunkt di ordeli?
De hesch au so ne lustig Bluet.
Je, so ne Lebe, liebe Fründ,
es isch wohl für e Thierli guet.

---

### Der Statthalter von Schopfheim.

Vetter Hans Jerg, 's bunnert, es bunneret ehnen am Rhi=Strom,
und es git e Wetter! I wott, es zög si vorüber.
's chunnt so schwarz, — nei lueget, wie's blizt, und loset, wie's windet,
wie's im Chemi tost, und der Guhl uffem Chilche=Thurm gahret!
Helfis Gott! — 's chunnt alliwiil nöcher und alliwiil stärcher.
Ziehnt doch d'Läden a, der Glast möcht' d'Auge verblende,
und iez holet 's Chrüsli und sitzet do ummen, i willich
us den alte Zite vom Statthalter näumis verzehle.
Friedli het me nem gseit, und hets e seltseme Bueb ge,
isch's der Friederli gsi in siner Juged, das weißi!
Aber schöner as er isch ken dur's Wiesethal g'wandlet,
woner no Bure=Chnecht bim alte Statthalter gsi isch.
Chrusi Löckli het er gha und Auge wie Chole,
Backe wie Milch und Bluet und rundi chräftige Glieder.
's Meisters Vreneli het an ihm si eigeni Freud gha,
er am Vreneli au, doch isch er numme der Chnecht gsi.
Nei, wie macht's, und nei, wie schüttets! Bringetder 's Chrüsli
und e Ränftli Brod derzue? Jez sitzet und loset!
Vor fünfhundert Johren, i ha's vom Aetti erfahre,
isch e schwere Chrieg und sin Panduren im Land gsi,
drunter isch's und drüber gange, was me cha sage,
Rich isch richer worden an Geld, an Matten und Hochmueth,
Arm isch ärmer worden und numme d'Schulde hen zueg'no.
Menge brave Ma hets nümme chönne prestiere,
het si Sach verloren und Hunger g'litten und bettlet;
Mengi hen si zsemme g'rottet zwische de Berge.
Z'letzt het no der Friede ne Pack Maroden im Land g'lo,
gföhrli Volch mit Schwerd und Büchse, listig und unheim;
's sin bitrüebti Zite gsi, Gott well is biwahre!
Sell mol het e Buur uf der Egerte nieden an Farnau
Hus und Schüre gha und Stiere, 's wärich ke Tropfe
Wasser uffene g'standen, und uf de Matte vo Farnau
bis go Huse Tensch an Tensch und Schmehle an Schmehle

### Erste Abtheilung.

het der Uehli g'meiht, und 's Heu uf d'Egerte heimg'füehrt,
aber e wüste Ma zue dem, wie's ken me in siebe
Here-Ländere git; in Welschland isch er so worde.
Hätt em der Statthalter z'Schopfe nit's Breneli endli zur Frau ge,
's Breneli voll Verstand, und wie der Morge so lieblig,
's hätt's ke Magd im Hus bis Bet-Zit chönnen erlide,
und kei Chnecht hätt' zuenem bingt. Es chunnt eim e Bettler,
und me git em ke Brod, se seit me doch öbben im Friede:
„Helfich Gott!" — Er nit! „J will der 's Bettle verleide,"
het er gseit, „und gang, wils Zit isch! Flieh mi der Teufel!"
Und die arme Lüt hen's Gott befohlen, und briegget,
Jedem chunnt si Zit! So öbbe ne Wuche vor Wienecht
het der Uehli gmetzget, und het er gwurstet bis z'Obe,
het er z'Nacht si Chrüegli g'lüpft bim brotene Ribbli.
„Breni gang in Cheller, und Breni leng mer z'trinke!"
het er mehr als zwenzig mol mit brochener Stimm gseit.
Gesinnet hen sie 'n emol uf siebe Mos und e Schöpli.

Aber wo meinetder mög sel Zit der Friederli gsi sy?
Oebben im Fuetergang? Bi's Meisters Stieren und Rosse?
Hender gmeint, io wohl! Scho z'Fasnecht isch er im Meister
us de Hände gwütscht, sust hätt en der Statthalter ghüblet.
Het er näumis bosger, se willi 's nit verrothe;
was gohts mi denn a? Furt isch er! Ueber e Monet
het mer ke Spur meh gha, bis öbben anfangs Aprille
stoht er bi den arme Manne zwüsche de Berge.
Schön a Wuchs und Gsicht, und fründli gege de Lüte,
muethig wie ne Leu, doch voll verborgener Bsinnig
hen sie 'n alli gern, und sage: „Seig du der Hauptma!
„Was de seisch, das thüemer, und schicki's numme, se göhmer,
„hundert füfzig Ma und siebeneisiebezig Buebe!"
Und der Friedli seit: „D'Marodi wemmer verfolge.
„Wenn e riche Buur die Arme ploget und schindet,
„wemmer em der Meister zeigen, ass es en Art het,
„bis au wieder Recht und Gsetz und Ordnig im Land isch."
Helfis Gott der Her! — Jez rüeft der Hauptma sim Völchli:
„Manne, was fange mer a? J hör, der Uehli het gmetzget.
„'s wär e Site Speck wol us der Bütene zhole
„ und e Dozzet Würst. Wie wärs? Doch 's Breneli buurt mi.
„Besser ischs, es göhn e Paar, und singen ums Würstli!
„Saget, i lös en grüeßen, er solls im Friede verzehre,
„und mer vo der Sau doch au e Müesterli schicke.
„Hemmer nit menge Hirz us sine Gärte verscheuchet?
„Hemmer uf sine Matte ne Habermark-Störzli vertrette
„Oder e Bäumli gschüttlet? Sich sine Chnechten und Buebe

3*

„nummen au fo viel gfcheh? Sie hen doch g'hüetet und g'wäffert
„z'Nacht um Eis, und früeih vor Tag; fie chönne nit chlage.
„Leget em's ordlig ans Herz, i wünfchich gueti Verrichtig!"
Seits und 's göhn drei Bueben, und chömme mit Säcke zuem Uehli.
„Guten Obe!" — „Dunderfchieß! was hender, was wender?" —
„Her, mer chömme do abe vom Sattel-Hof. Zeiget, wie finder!
„So het üfe Meifter gfeit, fo fagemer wieder."
Schlimmer Wis ifch, wo fie cho fin, 's Vreneli näumi
duffe gfi, doch d'Chnecht fin uffem Ofe-Bank glege,
und der Uehli, voll Wi, git grobi Reden und Antwort.
„Saget euerm Meifter, — (es ifch mit Ehre nit z'melde),
„Meifter hi und Meifter her, und wer ifch der Meifter?
„'s lauft fo Waar iez gnueg im Land, wo bettlen und ftehle,
„Schere-Schlifer, Hafe-Binder, alti Soldate,
„Säge-Füler, Zeinemacher, anderi Strolche.
„Wemmen alle wott ge, me müeßt, no mittene laufe.
„Packetich, iez ifch's hochi Zit!" — „He io, der Gottswille!
„Nummene Hämpfeli Mehl, und nummen au fo ne Würftli!" —
„Wart du Siebe-Chetzer, e Ribbe-Stückli wird guet jy!
„Jobbi, gang an b' Stub, und leng mer der Farefchwanz abe!
„Wenderich packe iez gli, i frog, ihr luftige Strolche!" —
Jo, fie hen fi packt, doch hinterne fchliche vom Ofe
d'Chnecht zur Thüren us, und fuche 's Vreneli duffe.
„Meifterne, iez ifch's gfehlt, iez Meifterne helfet und rothet!
„Das und das ifch gfcheh, fie hen's nit an is verdienet.
„Hemmer 's Waffer g'chert, und hemmer de Hirze g'hütet
„z'Nacht um Eis, und früeih vor Tag, mer chönne nit chlage,
„kuntereri, fie hennis ghulfe, gell aber, Jobbi?
„Aber chömmemer wieder, fe werde fie anderfter rede."
's Vreneli loft und loft, es macht bidenklichi Mine;
's Vreneli bindet d' Chappen, und fchüttlet 's Mailänder Halstuech,
's Vreneli chnüpft am Fürtuech-Bendel — „Sepli, fpann's Roß a,
„und e Welle Strau, hefch ghört, und loß mer der Meifter
„nüt eninne werden, und gang ein d'Farnauer Stroß uf,
„lueg, öb Alles ficher ifch, und niene ke Volch ftoht!"
Sieder chömme b' Buebe mit leere Säcke zuem Friedli.
Taufig Sapermoft, wie fin em b' Flammen ins Gficht cho!
Wo ner fie frogt: „Was hender?" und wo fie 'm bütliche Brichtgen:
„Nüt, und wüffetber was? Göhnt ihr enandermol felber!
„'s ifch em Uehli z'heiß, der follet cho, go nem blofe!" —
„'s ifch e Wort, i gang!" feit iez der Hauptma und funklet,
„'s foll ihn nit lang brenne, 's ifch chüel im Farnauer Chilchhof!
„Uehli, du hefch 's letzt im Räf, fel chani der fage!"
Seits, und pfift in Wald, und gfchwinder as me ne Hand chert,
pfifts vo Wald zue Wald an allen Enden und Orte,

und es lauft derher von allen Orten und Enbe.
„Allo frisch, bergab! Der Egerten=Uehli het gmetzget,
„'s goht in eim iez hi, mer metzge hinecht der Uehli!
„'s buuret mi frili si Frau, 's wird ubing ab is verschrecke."
Jez chunnts schwarz bergab, wohl über Stuben und Hecke,
nebe Reibbech aben ins Tanners Wald, und vo dörtweg
rechts und links ins Farnauer Holz, was gischmer, was hesch mer!
D'Wälder fahre mit Schlitte voll Spöh' der Wiese no abe,
sehns und huure nieder am Steine=Brückli und bette:
„Alli guete Geister!" und „Heilige Muetter Gottis!"
Aber wo der Hauptma bi Farnau usen an Wald chunnt,
düsslet er: „Buebe z'ruck! J hör e Wägeli fahre!
„'s chönnt d' Faktorene sy, sie isch die Nemtig go Basel,
„und der müent si nit verschrecke, lönt mi ellei goh!"
Seits, und wiener chunnt, wütschts über Wägeli abe,
un goht uffen dar, un lueget em fründlig in b' Auge.
„Friedli, bischs?" — „J meins emol!" — „Se bis mer Gottwilche
„unterm freie Himmel und unter be liebe Sterne!
„Gell, i darf di duze? Was wirsch boch nummen au benkt ha
„ob mim trutzige Ma un sine trutzige Rebe.
„Lueg, i cha nit derfür, wo's z'spot isch, seit mers der Sepli
„dussen am Wasserstei. Es wär just anderster gange.
„O, be glaubsch nit, wieni g'stroft bi. Besseri Zite
„hani g'lebt ins Vaters Hus. Jez sin sie vorüber.
„Chumm, do bringi der näumis, e Säckli voll dürri Chriesi,
„schöni Gumpist=Öpfel, und au e Bizzeli Geis=Chäs,
„do ne Säckli Haber=Mehl und do no ne par Würstli,
„und e Lägel voll Wi, gib achtig, aß es nit gäutschet,
„'s isch kei Bunte druf, und au ne Rölleli Tubak.
„Chumm e wenig absits, bis do die Wälder vorbi sin,
„und bis ordli, hesch g'hört und nimm bi Gwissen in Obacht."
Aber der Friedli schwört: „Bi Gott, der Uehli mueß sterbe!
„'s isch nit Gnab!" — Doch 's Vreneli seit: „Jez los mer e Wörtli:
„Gschwore hesch, und io, wenns Zit isch, sterbe mer alli,
„und der Uehli au, doch loß du lebe, was Gott will,
„un benk an bi selber und an die chünftige Zite.
„So blibsch nit wie be bisch, und so ne Lebe verleidet.
„Bisch nit im Land beheim, und hesch nit Vater und Muetter?
„Debbe möchtsch au heim, ben erbich en ordeli Güetli
„in der Langenau, und gfallt der e Meidli, be hättschs gern,
„ischs bim Aetti nit Nei, do chasch no Stabhalter werde.
„Nimm, wie müeßts der werden, an so ne Missethat z'benke,
„und mi 's Here Stab mit bluetige Hände z'regiere!
„Halts im Uehli z'guet! Si Grobheit nimm für en Ehr uf,
„'s isch zwor keine gsi, doch benk au, aß er mi Ma isch!

„Schlachts nit z'Schopfen Oelsi! 's isch Zit, se sag mer, witt folge?"
Aber der Frieder li stoht, er stoht in schwere Gidanke,
und het d'Auge voll Wasser, und möcht gern schwetze, und cha nit.
Endli bricht em's Herz. „Nu io denn, wenn d' mer e Schmutz gisch!
„Bhüetdi Gott der Her, und io, i will mi bekehre.
„Buebe, iez packet uf, mer wen im Friede verlieb neh!
„Göhnt e Paar uf b' Möhr und schießet näumen e Hirzli!"
Seits, und goht in Wald, und luegat an Himmel und briegget,
bis si b'Sternen ins Morge=Liecht tunken und drinn verlösche.
Endli goht er au, doch luege mengmol enander
d'Mannen a, und sage: „Was fehlt doch echterst im Hauptma?"
Aber 's Statthalters Tochter lit iez bim Uehli und stoßt en:
„Schnarchle mer doch nicht so! Me cha io nit nebe der schlofe!"
Und der Uehli zuckt und streckt si: „Vreni, wie isch mer?" —
„He, wie wird's der sy?" — „I ha ne bluetige Traum gha.
„Vreni, 's ghot nit guet, i ha mi selber seh metzge.
„Hen sie mi nit verstochen, und in der Büttene brüeihet,
„mittem Messer gschabt? De glaubsch nit, wie's mer so weh thuet!"
Aber 's Vreneli seit: „He, 's macht nüt. Chunnt der nit mengmol
„öbbis für? Jez isch es b'Sau, drum hesch di seh metzge."
Aber 's Uehli's Schlof isch us und schweri Gidanke
chämpfe bis an Tag mit sine zerrüttete Sinne,
bis er 's Chaffi trinkt, bis 's Vreneli Suppen ischnidet,
bis en alte Ma verzagt zur Stube=Thür itritt:
„Chümmi, Reckholder=Beri! Will Niemne nüt chrome do inne?"
„Nei, der löset nüt!" — „Drum isch's mer au nit ums Löse!
„Chönnti, Meister Uehli, mit euch e wengeli rede?
„Isch das eui Frau, se mag sie's hören, es schadt nüt.
„Nechte fahri selb seust mit Waar der Wiese no abe,
„i, mi Rößli, mi Bueb, und 's Richterli's Rößli und Matthis.
„Womer an Farnau chömme, so stohts voll Mannen und Buebe
„links im Wald, und an der Stroß e luftige Kerli.
„'s stoht e Wibsbild binem, es mag e suferi gsi sy,
„wenni's unter Hundert sieh, se willi's erchenne,
„het der Mond nit gschienen, und hani b'Auge nit bimer?
„So viel hani ghört: 's isch gfluecht, der Uehli mueß sterbe!
„Woni neben abe gang, se seit ers zuem Wibsbild.
„Witers weiß it nüt, und witers chani nüt sage;
„Warten isch nit guet, me lost, und wandelt si's Wegs furt.
„Bhüetich Gott, i gang," und thüent iez selber, was guet isch." —
Wie het 's Vreneli glost! Doch bhaltet's verständigi Bsinnig.
„Hesch en denn nit gmerkt, es isch em nummen um Brenz gsi?"
Aber 's Uehlis G'hör isch weg, er lit in der Ohnmacht,
d'Auge stöhn verchehrt, me sieht fast nüt meh vom Schwarze,
d'Zungen isch em glähmt, sie lueget vor usen, und chölschblau

Erste Abtheilung.

ifch er bis an Hals. Me holt der Meifter vo Hage,
holt vo Zell der Doktor=Friedli, 's ifch em nit z'helfe.
Friedli, du hefch d'Wohret gfeit, der Uehli mueß fterbe.
Vormittag ifch's fo, und Nomittag ifch's anderft.
Schweße lehrt er nümmen, und fiechet ebe fo ane,
bis am dritte Tag; uf ei mol fchnappt er und endet;
und am Ziftig d'ruf, fe fingt's haupthöchlige: „Mitten
wir im Leben find" — d'Stroß uf zum Farnauer Chilch=Hof.
Furt treit hen fie en, fell ifch gwiß, doch heißt es, en Andre
heig en gholt, und 's gang zue Ziten e bluetige Eber.
Göhntber z'Nacht vom Bergwerch heim, und hentber uf d'Site
gladen, und der fehnt en Eber mit bluetige Wunde,
göhnt em ftill usweg. Es ifch der Egerten=Uehli.
Sehnt der nüt, fen ifch er's nit. I ha nen no nie gfeh.

Aber wer wird iez mit Zuefpruch 's Vreneli tröfte?
Groß ifch 's Leid iuft nit, und fiebe Woche no Pfingfte
rüeft me 's wieder us. Mit wem? Der werdet nit froge.
Grüfeli het der Vater gmacht, und gfchworen: „I lid's nit!
„So ne vertlaufene Burft mit miner liibliche Tochter,
„Mit mi'm Fleifch und Bluet? I führ di felber ins Zuchthus."
Aber was ifch's gfi? — Es ifch die einzige Tochter,
und ifch Fru für ihns, und mag er rothen und warne,
muß er's ebe fo gfcheh, — doch hets em nümmen ins Hus dörft,
hets au nümme bitrette, bis no Micheli fie Vater
z'Wil dur d'Wiefe ritet, er het e Wage voll Wi chauft.
Groß ifch's Waffer gfi, und finfter, wo fie derdur fin,
und chunnt ufem Weg, und 's tribt en aben und abe,
bis er abem Choli fallt und nümme ans G'ftad chunnt.
An der Schore=Bruck dört hen fie 'n mornderigs gfunde.

Aber iez zieht üfer Paar im Friede go Schopfe
und nimmt B'fiß vo Hus und Guet; der Friedli wird Burger,
füehrt fi ordelig uf, er cha guet lefen und fchriebe, —
Helfis Gott! — und ftiggt nootno zu Würden und Ehre.
Wer wird Chilche=Lueger, und wer wird Weibel, und wer ftoht
bald am Rothhus=Fenfter und lächlet güetig, wenn öbbe
mittem Huet in der Hand e Langenauer verbei goht?
Ifch's nit mi Her Frieder mit finer lockige Stirne? —
Nei, wie macht's, und nei, wie fchüttet's, lofet doch numme,
fangt's nit vornen a? — Z'leßt fage d'Burger: „Der Hügli
„cha io nit Gfchriebes lefe, wie chaner denn Statthalter blibe?"
„'s wär für Ihn, Her Frieder, und Er muß d'Burger regiere.
„Er ifch e brave Ma, in alle Stücke biwandert,
„und fi Frau, Statthalters Bluet, mit Tugend bihaftet,
„ifch die gueti Stund, und gfcheit. no gfcheiter als Er fchier.

„Sager nit lang Nei, 's nuzt nüt, mer lön is nit b'richte."
„Nu, se sagi Jo, 's regiere chunnt mi ni suur a."
Dreimol chlöpft der Hurlibaus — nei loset wie's schüttet,
lueget, wie's dur b'Chlimse blitzt! — Im Pflueg und im Engel
hen sie tanzt bis tief in d'Nacht, und gessen und trunke.
Wohr isch's, e brävere Ma hätt d'Stadt nit chönnen erchise,
und im Vreneli gunni 's au. In d' Schopfemer Chilche
het er en Orgle gschafft, vor sine Ziten isch nüt gsi
(z'Huse stoht sie no); d'Marodi het er vertriebe,
und uf d' Burger Obsicht treit, und g'rothen und g'warnet.
Aber si Frau und er, sie hen in Frieden und Liebi
mit enander g'lebt, und Guets an Armen erwiese,
io, und 's isch em e Muetter zue siebe Chindere worde.
Helfis Gott! — und 's stammt von ihnen im Schopfemer Chilchspiel
mengi Famili her, und blüeiht in Richthum und Ehre.
Helfis Gott, und b'hüetis Gott! Ins Here Gotts Name!
das het gchlöpft, und das het gmacht, 's isch weger e Schlag gsi;
Mengi Famili, se sagi — die wenigste wüsse's meh selber.
Wer sie sin, und wie sie heiße, das willi iez sage.
Zwor isch 's Chrüegli leer — nei loset, was git's uf der Gaß duß?
Vetter Hans Jerg, 's stürmt! Fürio! 's lauft Alles der Drau zue.

## Der Schreinergesell.

Mi Hamberch hätti g'lehrt, so so, la la,
doch stoht mer 's Trinke gar viel besser a,
as 's Schaffe, sel bikenni frei und frank,
der Rucke bricht mer schier am Hobelbank.

Drum het mer d'Muetter mengmol prophezeit:
„Du chunnsch ke Meister über wit und breit!"
Z'letzt hani's selber glaubt, und denkt: „Isch's so,
wie wirds mer echterst in der Frembi go?"

Wie isch's mer gange? Numme z'guet! I ha
in wenig Wuche sieb e Meister gha.
O Müetterli, wie falsch hesch prophezeit:
Ich chömm kei Meister über, hesch mer geseit.

## Hans und Verene.

Es gfallt mer nummen eini,
und selli gfallt mer gwis!
O wenni doch das Meidli hätt
es isch so flink und dundersnett.
so dundersnett
i wär im Paradies!

## Erste Abtheilung.

'S isch wohr, das Meibli gfallt mer
und 's Meibli hätti gern!
's het alliwil e frohe Mueth,
e Gsichtli hets, wie Milch und Bluet,
  wie Milch und Bluet,
und Auge wie ne Stern.

Und wenni 's sieh vo witem,
se stigt mer's Bluet ins Gsicht;
es wird mer übers Herz so chnapp
und 's Wasser lauft mer d' Backen ab,
  wohl d'Backen ab,
i weiß nit, wie mer gschicht.

Am Zistig früeih bim Brunne
se redt 's mi frei no a:
„Chumm, lüpf mer, Hans! Was fehlt der echt?
„Es isch der näume gar nit recht,
  nei gar nit recht!"
J denk mi Lebtig dra.

J ha 's em solle sage,
Und hätti 's numme gseit!
Und wenni numme richer wär,
und wär mer nit mi Herz so schwer,
  mi Herz so schwer,
's gäb wieder Glegeheit.

Und uf und furt, iez gangi,
's wird iäten im Salat,
und sag em's, wenni näume cha,
und luegt es mi nit fründli a,
  nit fründli a,
so bini morn Soldat.

En arme Kerli bini,
arm bini, sell isch wohr.
Doch hani no nüt Unrechts tho,
und sufer gwachse wäri io,
  das wäri io,
mit sellem hätts ke G'fohr.

Was wisplet in de Hürste,
was rüehrt sie echterst dört?
Es visperlet, es ruuscht im Laub.
O bhüetis Gott der Her, i glaub,
  i glaub, i glaub,
es het mi Näumer ghört.

„Do bini io, do heſch mi,
„und wenn de mi denn witt,
„J ha's ſcho ſiderm Spöthlig gmerkt;
„am Ziſtig heſch mi völlig bſtärkt
io, völlig bſtärkt.
„Und worum ſeiſchs denn nit?

„Und biſch nit rich an Gülde,
„und biſch nit rich an Gold,
„en ehrli G'müeth iſch über Geld,
„und ſchaffe chaſch in Hus und Feld,
in Hus und Feld,
„und lueg, i bi der hold!"

O Breneli, was ſeiſch mer,
o Breneli, iſchs ſo?
De heſch mi uſem Fegfüür g'holt,
und länger hätti 's nümme tolt
nei nümme tolt.
Jo, frili willi, io!

### Der Winter.

Iſch echt do obe Baumwele feil?
Sie ſchütten eim e redli Theil
in b'Gärten aben und ufs Hus;
es ſchneit doch au, es iſch e Gruus;
und 's hangt no menge Wage voll
am Himmel abe, merki wohl.

Und wo ne Ma vo witem lauft,
ſe het er vo der Baumwele gchauft;
er treit ſie uf der Achsle no,
und uffem Huet, und lauft dervo.
Was lauſſch denn ſo, du närſche Ma?
De wirſch ſie doch nit gſtohle ha?

Und Gärten ab, und Gärten uf,
hen alli Scheie Chäpli uf;
ſi ſtöhn wie großi Here do;
ſie meine, 's heigs ſuſt Niemes ſo.
Der Nußbaum het doch au ſi Sach,
und 's Here Hus und 's Chilche-Dach.

Und wo me luegt, iſch Schnee und Schnee,
me ſieht ke Stroß und Fueß-Weg meh.

Meng Some=Chörnli, chlei und zart,
lit unterm Bode wohl verwahrt,
und schnei's, so lang es schneie mag,
es wartet uf si Ostertag.

Meng Summer=Vögli schöner Art
lit unterm Bode wohl verwahrt;
es het kei Chummer und kei Chlag,
und wartet uf si Ostertag;
und gangs au lang, er chunt emol,
und sieder schlofts, und 's isch em wohl.

Doch wenn im Früehlig 's Schwälmli singt,
und d' Sunne=Wärmi abedringt,
Pot tausig, wacht's in jedem Grab,
und streift si Todte=Hemdli ab.
Wo nummen au ne Löchli isch,
schlieft 's Leben use iung und frisch. —

Do fliegt e hungrig Spätzli her!
e Brösli Brod wär si Begehr.
Es luegt ein so erbärmli a;
's hei sieder nechte nüt mehr gha.
Gell Bürstli, sell isch andri Zit,
wenn 's Chorn in alle Fure lit?

Do heisch! Loß andern au dervo!
Bisch hungerig, chasch wieder cho! —
's mueß wohr sy, wie 's e Sprüchli git:
„Sie seihe nit, und ernde nit;
„sie hen kei Pflueg und hen kei Joch,
„und Gott im Himmel nährt sie doch."

### Das Habermuß.

's Haber=Mueß wär ferig, se chömmet ihr Chinder und esset!
Betet: Aller Augen — und gent mer ordeli Achtig,
aß nit eim am ruetzige Tüpfi 's Ermeli schwarz wird.
Esset denn, und segnichs Gott, und wachset und trüehet!
D' Haber=Chörnli het der Aetti zwische de Fure
gseiht mit flißiger Hand und abeg'eget im Früeih=Johr.
Aß es gwachsen isch und zitig worde, für sel cha
euen Aetti nüt, sel thuet der Vater im Himmel.
Denket numme Chinder, es schloft im mehlige Chörnli
chlei und zart e Chiimli, das Chiimli thuetich ke Schnüfli,
nei, es schloft und seit kei Wort, und ißt nit und trinkt nit,
bis es in de Fure lit, im luckere Bode.

Aber in de Furen und in der füechtige Wärmi
wacht es heimli uf us sim verschwiegene Schlöfli,
streckt die zarte Gliedli, und suget am saftige Chörnli,
wie ne Muetter=Chind, 's isch Alles, aß es nit briegget.
Siederie wirds größer, und heimli schöner und stärcher,
und schlieft us de Windlen, es streckt e Würzeli abe,
tiefer aben in Grund, und sucht si Nahrig und find't sie.
Jo und 's stichts der Wunderbitz, 's möcht nummen au wisse,
wie 's denn witer oben isch. Gar heimlig und furchtsem
güggelet's zum Boden us. — Potz tausig, wie gfallts em!
Uise lieber Hergott, er schickt en Engeli abe:
„Bringem e Tröpfli Thau, uud sag em fründli Gottwilche!"
Und es trinkt, und 's schmecktem wohl, und 's streckt si gar sölli.
Sieder strehlt si b'Sunnen, und wenn sie gwäschen und gstrehlt isch,
chunnt sie mit der Strickete füre hinter de Berge,
wandlet ihre Weg hoch an der himmlische Land=Stroß,
strickt und lueget aben, as wie ne fründligi Muetter
no de Chindlene luegt. Sie lächlet gegenem Chüimli,
und es thuet em wohl, bis tief ins Würzeli abe.
„So ne tolli Frau, und doch so güetig und fründli!"
Aber was sie strickt? He, Gwülch us himmlische Düfte!
's tröpflet scho, ne Sprützerli chunnt, druf regnets gar sölli.
's Chüimli trinkt bis gnueg; druf weiht e Lüftli und trocknet's,
und es seit: „Jez gangi nümmen untere Bode,
um ke Pris! Do blibi, geb, was no us mer will werde!"

Esset, Chindli, gsegn' es Gott! und wachset und trüeihet!
's wartet herbi Zit ufs Chüimli. Wulken an Wulke
stöhn am Himmel Tag und Nacht, und b'Sunne verbirgt si.
Uf de Berge schneits, und witer niede hurniglet's.
Schocheli schoch, wie schnatteret iez und brieget mi Chüimli,
und der Boden isch zue, und 's het gar chündigi Nahrig.
„Isch denn b'Sunne gstorbe," seit es, „aß sie nit cho will?
„oder förcht sie au, es frier sie? Wäri doch blibe,
„woni gsi bi, still und chlei im mehlige Chörnli,
„und deheim im Boden und in der füechtigi Wärmi."
Lueget, Chinder, so gohts! Der werdet au no so sage,
wenn der use chömmet, und unter fremde Lüte
schaffe müent und reble, und Brod und Plunder verdiene:
„Wäri doch deheim bi'm Müetterli, hinterem Ofe."
Tröstich Gott! 's nimmt au en End, und öbbe wirds besser,
wie's im Chüimli gangen isch. Am heitere Mai=Tag
weihts so lau, und b'Sunne stigt so chräftig vom Berg uf,
und sie luegt, was 's Chüimli macht, und git em e Schmützli,
und iez isch em wohl, und 's weiß nit z'blibe vor Freude.

Nootno prange b'Matte mit Gras und farbige Blueme;
nootno duftet 's Chriesi-Bluest, und grüenet der Pflum-Baum;
nootno wird der Rogge buschig, Weizen und Gerste,
und mi Häberli seit: „Do blibi au nit dehinte!"
Nei, es spreitet b'Blättli us, wer het em sie gwobe?
und iez schießt der Halm, — wer tribt in Röhren an Röhre
's Wasser us de Wurzle bis in die saftige Spitze?
Endli schlieft en Aehri us, und schwankt in be Lüfte —
Sagmer au ne Mensch, wer het an sidene Fäde
do ne Chnöspli ghenkt und dört mit chünstlige Hände?
b'Engeli, wer denn sust? Sie wandle zwische de Juren
uf und ab vo Halm zue Halm, und schaffe gar sölli.
Jez hangt Bluest an Bluest am zarte schwankigen Aehri,
und mi Haber stoht, as wie ne Brüütli im Chilch-Stuehl.
Jez sin zarti Chörnli drin, und wachsen im Stille,
und mi Haber merkt asange, was es will werde.
D'Chäferli chömme und b'Fliege, sie chömme z'Stubete zue'nem,
luege, was er macht, und singen: Sie Popeie!
Und 's Schi-Würmli chunnt, Potz tausig mittem Laternli,
z'Nacht um Nüni z'Liecht, wenn b'Fliegen und b'Chäferli schlofe.

Esset, Chinder, segn' es Gott, und wachset und trüeihet!
Sieder het me gheuet, und Chriesi gunne no Pfingste;
sieder het me Pflümli gunne hinterem Garte;
sieder hen sie Rogge gschnitte, Weizen und Gerste,
und die arme Chinder hen barfis zwischen de Stupfle
gfalleni Aehri glesen, und 's Müüsli hetene ghulfe.
Druf het au der Haber bleicht. Voll mehligi Chörner
het er gschwankt und gseit: „Jez ischs mer asange verleidet,
„und i merk, mi Zit isch us, was thueni ellei do,
„zwische de Stupfel-Rüeben, und zwische de Grumbiere-Stube?"
Druf isch b'Muetter usen und 's Esersinli und 's Plunni,
's het ein scho an b'Finger gfrore z'Morgen und z'Obe.
Endli hemmer en brocht und in der staubige Schüre
hei sie'n dröscht vo früeih um Zwei bis z'Oben um Vieri.
Druf isch's Müllers Esel cho, und hetten in b'Mühli
g'holt, und wieder brocht, in chleini Chörnli vermahle;
und mit feister Milch vom junge fleckige Chüeihli
hetten 's Müetterli g'chocht im Tüpfi — Geltet, 's isch guet gsi?
Wüschet b'Löffel ab, und bett eis: Danket dem Heren —
und iez göhnt in b'Schuel, dört hangt der Oser am Simse!
Fall mer keis, gent Achtig, und lehret, was menich ufgit!
Wenn der wieder chömmet, je chömmtder Zibbertli über.

## Wächterruf.

Loset, was i euch will sage!
D'Glocke het Zehni gschlage.
 Jez betet und iez göhnt ins Bett,
 und wer e rüeihig G'wisse het,
 schlof sanft und wohl! Im Himmel wacht
 e heiter Aug die ganzi Nacht.

Loset, was i euch will sage!
D'Glocke het Oelfi gschlage.
 Und wer no an der Arbet schwitzt,
 Und wer no bi der Charte sitzt,
 dem bieti iez zuem leztemol, —
 's isch hochi Zit — und schlofet wohl!

Loset, was i euch will sage!
D'Glocke het Zwölfi gschlage.
 Und wo no in der Mitternacht
 e Gmüeth in Schmerz und Chummer wacht,
 se geb der Gott e rüeihige Stund,
 und mach di wieder froh und gsund!

Loset, was i euch will sage!
D'Glocke het Eis gschlage.
 Und wo mit Satans G'heiß und Roth
 e Dieb uf dunkle Pfade goht,
 — i wills nit hoffen, aber gschiehts —
 gang heim! Der himmlisch Richter sieht's.

Loset, was i euch will sage!
D'Glocke het Zwei gschlage.
 Und wem scho wieder, eb's no tagt,
 die schweri Sorg am Herzen nagt,
 du arme Tropf, di Schlof isch hi!
 Gott sorgt! Es wär nit nöthig gsi.

Loset, was i euch will sage!
D'Glocke het Drü gschlage.
 Die Morgestund am Himmel schwebt,
 und wer im Friede der Tag erlebt,
 dank Gott, und faß e frohe Mueth,
 und gang ans G'schäft, und — halt di guet!

## Der Bettler.

En alte Ma, en arme Ma,
er sprichtich um e Wohlthat a.
e Stückli Brod ab euem Tisch,
wenns eue guete Wille isch!
He io, dur Gottes Wille!

Im Sturm und Wetter, arm und bloß,
gibore bini uf der Stroß,
und uf der Stroß in Sturm und Wind
erzogen, arm, e Bettelchind.
Druf woni chräftig worde bi,
und d'Eltere sin gstorbe gsi,
se hani denkt: Soldate-Tod
isch besser, weder Bettelbrod.
I ha in schwarzer Wetternacht
vor Laudons Zelt und Fahne gwacht;
i bi bim Paschal Paoli
in Corsika Draguner gsi,
und gsochte hani, wie ne Ma,
und Bluet an Gurt und Säbel gha.
I bi vor menger Batterie,
i bi in zwenzig Schlachte gsi,
und ha mit Treu und Tapferkeit
dur Schwerd und Chugle 's Lebe treit.
Z'letzt hen si mi mit lahmem Arm
ins Elend gschickt. Daß Gott erbarm!
He io, dur Gottes Wille!

„Chumm, arme Ma!
„I gunn der's, wienis selber ha.
„Und helf der Gott us diner Noth,
„und tröst di, bis es besser goht."

Vergelts der Her, und dankder Gott,
du zarten Engel, wiiß und roth,
und geb der Gott e brave Ma! —
Was luegsch mi so biwegli a?
Hösch öbben au e Schatz im Zelt,
mit Schwerd und Roß im wite Feld?
Biwahr di Gott vor Weh und Leid,
und geb dim Schatz e sicher Gleit,
und bring der bald e gsunde Ma!
's goht ziemli scharf vor Mantua.
's cha sy, i chönnt der Meldig ge. —
Was luegsch mi a, und wirsch wie Schnee?

Denkwol, i henk mi Bettelgwand,
mi falsche graue Bart an d'Wand?
Jez b'schau mi recht, und chensch mi no?
Geb Gott, i seig Gottwilche do!
 „Her Jesis, der Friedli, mi Friedli isch do?
„Gottwilche, Gottwilche, wohl chenni di no!"
Wohl het mi bigleitet di lieblige Gestalt,
uf duftige Matten, im schattige Wald.
 „Wohl het di bigleitet mi b'chümmeret Herz
„dur Schwerder und Chugle mit Hoffnig und Schmerz,
„und briegget und betet. Gott het mer willfahrt,
„und het mer mi Friedli und het mer en gspart.
„Wie chlopfts mer im Buese, wie bini so froh!
„O Muetter, chumm weidli, mi Friedli isch do!"

## Der Storch.
### (Nach dem Frieden.)

Willkumm, Her Storch! bisch au scho do,
und schmecksch im Weiher d'Frösche scho?
Und meinsch, der Winter heig si Sach,
und 's besser Wetter chumm alsgmach?

He io, der Schnee gieng überal;
me meint, es werd scho grüen im Thal.
Der Himmel isch so rein und blau,
und 's weiht ein a so mild und lau.

Nei loset, wiener welsche cha!
Verstoht men au ne Wörtli dra?
Drum chunnt er über Strom und Meer
us wite fremde Ländere her.

Was bringsch denn Neu's us Afrika?
Sie hen g'wis au so Umständ gha,
und b'Büchse gspannt und b'Säbel g'wetzt,
und Freiheits=Bäum vor d'Chilche gsetzt?

De hesch so rothi Strümpfli a.
Isch öbbe Bluet vom Schlachtfeld dra?
Wo hesch die schwarze Fegge g'no?
Bisch öbbe z'nooch an d'Flamme cho?

Um das hättsch über Land und Meer
nit reise dörfe hi und her
vom Rhi'=Strom bis in Afrika;
de hättschs io in der Nööchi gha.

Mer müsse leider au derbo,
und mengi Wunde bluetet no,
und 's druckt no menge Chummer schwer,
und menge schöne Trog isch leer.

Und witer an den Alpe hi,
isch's, Gott erbarm's, no ärger gsi,
und Weh und Ach het usem Wald
und us de Berge wiederhallt.

An's Wilhelm Telle Freiheits=Huet
hangt menge Tropfe Schwizerbluet.
Wie hei's nit ummen blitzt und g'chracht,
und dundret in der Wetter=Nacht!

Doch öbben in der Wetter=Nacht
het Gottis Engel au no g'wacht.
„Jo frili," seit er, „Chlip und Chlap!"
und schwenkt der Schnabel uf und ab.

Gang, Muetter, und heiß 's Büebli cho!
Lueg, Chind, di Storch isch wieder do!
Sag: Grüeß di Gott! Was bringsch mer mit?
I glaub, bim Bluest, er chennt di nit.

's macht's, weil d' so groß und sufer bisch,
und 's Löckli chrüser worden isch.
Fern hesch no so ne Züppli gha,
iez hesch scho gstreifti Hösli a.

Er pepperet noch alliwil,
und 's schint, er wiß no sölli viel.
Es goht em au, wie mengem Ma,
er het si Gfalle selber dra.

's isch genueg, Her Storch! Mer müsse's scho,
und was de seisch, mer glaube's io!
Es freut di au, aß 's Dorf no stoht,
und alles gsund isch — Dank der Gott!

He io, 's mag wieder ziemli go,
und 's Feld=Piket isch nümme do;
wo Lager gsi sin Zelt an Zelt,
goht iez der Pflueg im Ackerfeld.

Und de, wo d'Storche heißet cho,
und d'Rabe nährt, isch au no do,
Er schafft den Arme Brod ins Hus,
und heilt die alte Presten us.

Und wo me luegt und luege cha,
se lächlet ein der Frieden a,
wie Morgeliecht, wenn b'Nacht vergoht,
und b'Sunne hinter be Tanne stoht.

Gang, lueg e wenig b'Gegnig a!
I glaub, de wirsch e Gfalle ha.
Mi Matten isch der wohl bikannt,
am Brunnen abe linker Hand.

Und triffsch am Bach e Fröschli a,
sen ischs der gunnt. Verstick nit dra!
Und, was i bitt, loß b'Imme goh!
Mi Große seit, sie fliege scho.

---

### Sonntagsfrühe.

Der Samstig het zum Sunntig gseit:
„Jez hani alli schlofe gleit;
„sie sin vom Schaffe her und hi
„gar sölli müed und schlöfrig gsi,
„und 's goht mer schier gar selber so,
„i cha fast uf kei Bei meh stoh."

So seit er, und wo's Zwölfi schlacht,
se sinkt er aben in b'Mitternacht.
Der Sunntig seit: „Jez ischs an mir!"
Gar still und heimli bschließt er b'Thür.
Er düselet hinter b'Sterne no,
und cha schier gar nit obsi cho.

Doch endli ribt er b'Augen us,
er chunnt der Sunn an Thür und Hus;
sie schloft im stille Chämmerli;
er pöpperlet am Lädemli:
er rüest der Sunne: „b'Zit isch do!"
Sie seit: „I chumm enanderno." —

Und lisli uf de Zeeche goht,
und heiter uf de Berge stoht
der Sunntig, und 's schloft Alles no;
es sieht und hört en Niemes goh;
er chunnt ins Dorf mit stillem Tritt,
und winkt im Guhl: „Verroth mi nit!"

Und wemmen endli au verwacht,
und gschlofe het die ganzi Nacht,

so stoht er do im Sunne-Schi',
und luegt eim zu de Fenstern i
mit sinen Auge mild und guet,
und mittem Meien uffem Huet.

Drum meint ers treu, und was i sag,
es freut en, wemme schlofe mag,
und meint, es seig no dunkel Nacht,
wenn d'Sunn am heit're Himmel lacht.
Drum isch er au so lisli cho,
drum stoht er au so liebli do.

Wie glitzeret uf Gras und Laub
vom Morgethau der Silberstaub!
Wie weiht e frische Maieluft,
voll Chriesi-Bluest und Schleeche-Duft!
Und d'Immli sammle flink und frisch,
sie müsse nit, aß 's Sunntig isch.

Wie pranget nit im Garte-Land
der Chriesi-Baum im Maie-Gwand,
Gel-Veieli und Tulipa,
und Sterneblueme nebe dra,
und gfüllti Zinkli blau und wiiß,
me meint, me lueg ins Paradies!

Und 's isch so still und heimli do,
men isch so rüeihig und so froh!
Me hört im Dorf kei Hüst und Hott;
e Guete Tag und Dank der Gott,
und 's git gottlob e schöne Tag,
isch Alles, was me höre mag.

Und 's Vögeli seit: „Frili io!
„Potz tausig, io, do isch er scho!
„Er bringt io in si'm Himmels-Glast
„Dur Bluest und Laub in Hurst und Nast!"
Und 's Distelzwigli vorne dra
het 's Sunntia-Röckli au scho a.

Sie lüte weger 's Zeiche scho,
der Pfarer, schint's, will zitli cho.
Gang, brech mer eis Aurikli ab,
verwüschet mer der Staub nit drab;
und Chüngeli, leg di weidli a,
de muesch derno ne Meje ha!

4*

### Auf einem Grabe.

Schlof wohl, schlof wohl im chüele Bett!
De ligsch zwor hert uf Sand und Chies;
doch spürts di müede Rucke nit.
    Schlof sanft und wohl!

Und 's Deckbett lit der, dick und schwer
in d'Höchi gschüttlet, uffem Herz.
Doch schlofsch im Friede, 's druckt di nit.
    Schlof sanft und wohl!

De schlofsch und hörsch mi Bhüetdi Gott,
de hörsch mi sehnli Chlage nit.
Wärs besser, wenn de's höre chönntsch?
    Nei, weger nei!

O 's isch der wohl, es isch der wohl!
Und wenni numme bi der wär,
se wär scho Alles recht und guet.
    Mer tolten is.

De schlofsch und achtisch 's Unrueih nit
im Chilche-Thurn die langi Nacht,
und wenn der Wächter Zwölfi rüeft
    im stille Dorf.

Und wenns am schwarze Himmel blitzt,
und Gwülch an Gwülch im Donner chracht,
se fahrt der 's Wetter übers Grab,
    und weckt di nit.

Und was di früeh im Morgeroth
bis spot in d'Mittnacht bchümmeret het,
Gottlob, es ficht di nimmen a
    im stille Grab.

Es isch der wohl, o 's isch der wohl!
Und Alles, was de g'litte hesch,
Gott Lob und Dank, im chüele Grund
    thuets nümme weh.

Drum, wenni numme bi der wär,
so wär io Alles recht und guet.
Jez sitzi do, und weiß kei Trost
    mi'm tiefe Schmerz.

Doch öbbe bald, wenns Gottswill isch,
se chunnt mi Samstig z'Oben au,
und druf, se grabt der Nochber Chlaus
    mir au ne Bett.

Und wenni lig, und nümme schnuuf,
und wenn sie 's Schloflied gjunge hen,
se schüttle sie mer's Deckbett uf,
und — Bhüetdi Gott!

I schlof derno so sanft wie du,
und hör im Chilch-Thurn 's Unrueih nit.
Mer schlofe, bis am Sunntig früeih
der Morge thaut.

Und wenn emol der Sunntig tagt,
und b'Engel singe 's Morgelied,
se stöhn mer mit enander uf,
erquickt und gsund.

Und 's stoht e neui Chilche do,
sie funklet hell im Morgeroth.
Mer gehn und singen am Altar
Hallelujah!

---

### Der Wächter in der Mitternacht.

„Lojet, was i euch will jage!
„D'Glocke het Zwölfi gschlage."

Wie still isch Alles! Wie verborgen isch,
was Lebe heißt, im Schooß der Mitternacht
uf Stroß und Feld! Es tönt kei Menschetritt;
es fahrt kei Wagen us der Ferni her;
kei Husthür gahret, und kei Othem schnuuft,
und nit emol e Möhnli rüest im Bach.
's litt Alles hinterm Umhang iez und schloft;
und öb mit liichtem Fueß und stillem Tritt
e Geist vorüber wandlet, weißi nit.
  Doch was i sag, ruuscht nit der Tiich? Er schießt
im Leerlauf ab am müede Mühli-Rad,
und näume schliicht der Iltis unterm Dach
de Tremle no, und lueg, do obe zieht
vom Chilchthurm her en Uihl im stille Flug
dur b'Mitternacht, und hangt denn nit im Gwülch
die großi Nacht-Laterne dört, der Mond?
Still hangt sie dört, und b'Sterne flimmere,
wie wemmen in der dunkle Rege-Nacht,
vom wite Gang ermattet, uf der Stroß
an b'Heimeth chunnt, no keine Dächer sieht
und nümme do und dört e fründli Liecht.

Wie wirds mer doch uf eimol so kurios?
wie wirds mer doch so weich um Brust und Herz?
As wenni briegge möcht, weiß nit worum;
as wenni 's Heimweh hätt, weis nit — no was.
„Loset, was i euch will sage!
„D'Glocke het Zwölfi gschlage.
„Und ischs so schwarz und finster do,
„se schine d'Sternli no so froh,
„und us der Heimeth chunnt der Schi';
„'s muß lieblig in der Heimeth sy!"
Was willi? Willi dure Chilchhof goh
ins Unterdorf? Es isch mer, d'Thür seig off,
as wenn die Todten in der Mitternacht
us ihre Gräbere giengen, und im Dorf
e wenig luegten, öb no alles isch
wie almig. 's isch mer doch bis dato ken
bigegnet, aß i weiß. Denkwol i thue's,
und rüef de Todte, — nei, sell thueni nit!
Still willi uf de stilli Gräbere goh!
Sie hen io d'Uhr im Thurn, und weiß i denn,
isch au scho ihre Mitternacht verbei?
's cha sy, es fallt no dunkler alliwil
und schwärzer uf sie abe, — d'Nacht isch lang,
's cha sy, es zuckt e Streifli Morgeroth
scho an de Berge uf, — i weiß es nit.
Wie ischs so heimli do? Sie schlofe wohl,
Gott gunnene's! — e bizli schuderig,
sel läugni nit; doch isch nit Alles todt,
i hör io 's Unrueih in der Chilche; 's isch
der Puls der Zit in ihrem tiefe Schlof,
und d'Mitternacht schnuuft vo de Berge her.
Ihr Othem wandlet über d'Matte, spielt
dört mittem Tschäubbeli am grüene Rast,
und pfist dur d'Scheie her am Garte=Hag.
Sie chuuchet füecht an d'Chilche=Mur und chalt;
die lange Fenster schnattere derbo
und 's lopperig Chrüz. Und lueg, do lüftet sie
en offe Grab! — Du gueten alte Franz,
se hen si au di Bett scho gmacht im Grund,
und 's Deckbett wartet uf di nebe bra,
und d'Liechtli us der Heimeth schine dri!

He nu, es gohtis alle so. Der Schlof
zwingt Jedem uffem Weg, und eb er gar

in d'Heimeth dure chunnt. Doch wer emol
fi Bett im Chilchhof het, Gottlob er ifch
zuem letzte mol do niden übernacht,
und wenn es taget, und mer wachen uf
und chömmen ufe, hemmer nümme wit,
e Stündli öbben, oder nitemol. —
Se stolperi denn au no d'Stäpfli ab,
und bi so nüechter bliebe hinechtie.

„Loset, was i euch will sage!
„D'Glocke het Zwölfi gschlage.

„Und d'Sternli schine no so froh,
„und us der Heimeth schimmerts so,
„und 's isch no umme chleini Zit.
„Vom Chilchhof het me nümme wit."

Wo bini gsi? Wo bini echterst iez?
E Stäpfli uf, e Stäpfli wieder ab,
und witers nüt? Nei weger, witers nüt!
Jsch nit 's ganz Dörfli in der Mitternacht
e stille Chilchhof? Schloft nit Alles do,
wie dört, vom lange müede Wachen us?
vo Freud und Leid, und isch in Gottis Hand,
do unterm Strauh-Dach, dört im chüele Grund,
und warte, bis es taget um sie her?

He, 's würd io öbbe! Und wie lang und schwarz
au d'Nacht vom hoche Himmel abe hangt,
verschlofen isch der Tag deswegen nie;
und bis i wieder chumm, und no ne mol,
se gen mer d'Gühl scho Antwort, wenni rüef,
se weiht mer scho der Morgeluft ins Gsicht.
Der Tag verwacht im Tanne-Wald, er lüpft
alsgmach der Umhang obsi; 's Morgeliecht,
es rieslet still in d'Nacht, und endli wahlt's
in goldne Strömen über Berg und Thal.
Es zuckt und wacht an allen Orte; 's goht
e Lade do und dört e Husthür uf,
und 's Lebe wandlet ufe frei und froh.

Du liebi Seel, was wirds e Firtig sy,
wenn mit der Zit die letzti Nacht versinkt,
und alli goldne Sterne groß und chlei,
und wenn der Mond und 's Morgeroth und d'Sunn
in Himmels-Liecht verrinnen, und der Glast
bis in die tiefe Gräber abe bringt,

und d'Muetter rüeft be Chindlene: „'s isch Tag!"
und Alles usem Schlof verwacht, und do
ne Lade ufgoht, bört e schweri Thür!
Die Tobte luegen use iung und schön.
's het menge Schade guetet übernacht,
und menge tiefe Schnatte bis ins Herz
isch heil.  Sie luegen use gsund und schön,
und tunke 's Gsicht in Himmels=Luft.  Sie stärkt
bis tief ins Herz — o wenns doch bald so chäm!

„Loset, was i euch will sage!
„D'Glocke het Zwölfi gschlage.

„Und d'Liechtli brennen alli no;
„der Tag will iemerst no nit cho.
„Doch Gott im Himmel lebt und wacht,
„er hört wohl, wenn es Vieri schlacht."

## Der zufriedene Landmann.

Denkwohl, iez lengi au in Sack,
und trink e Pfifli Rauchtubak
und fahr iez heim mit Eg und Pflueg,
der Laubi meint scho lang, 's seig gnueg.

Und wenn der Kaiser usem Roth
in Feld und Forst ufs Jage goht,
se lengt er denkwol au in Sack,
und trinkt e Pfifli Rauchtubak.

Doch trinkt er wenig Freud und Lust,
es isch em näume gar nit iust.
Die goldne Chrone drucke schwer;
's isch nit, as wenns e Schie=Huet wär.

Wohl goht em menge Batzen i,
doch will au Menge gfuettert sy;
und woner lost, isch Bitt und Bitt,
und Alli tröste chaner nit.

Und wenn er hilft und sorgt und wacht
vom früeihe Morge bis in d'Nacht,
und meint, iez heig er Alles tho,
se het er erst ke Dank dervo.

Und wenn, vom Treffe bluetig roth,
der Jenneral im Lager stoht,
se lengt er endli au in Sack
und trinkt e Pfifli Rauchtubak.

Doch schmeckts em nit im wilde Gwüehl,
bi'm Ach und Weh und Saitespiel;
er het turnieret um und um,
und Niemes will en lobe drum.

Und Fürio und Mordio
und schweri Wetter ziehmen no;
do lit der Granebier im Bluet,
und dört e Dorf in Rauch und Gluet.

Und wenn in d'Meß mit Guet und Geld
der Chaufher reist im wite Feld,
se lengt er eben au in Sack,
und holt si Pfifli Rauchtubak.

Doch schmeckts der nit, du arme Ma!
Me sieht der dini Sorgen a,
und 's Ei mol Eis, es isch e Gruus,
es luegt der zu den Augen us.

De treisch so schwer, es thuet der weh;
doch hesch nit gnueg, und möchtsch no meh,
und weisch io nit, wo ane mit;
drum schmeckt der au di Pfifli nit.

Mir schmeckts, Gottlob, und 's isch mer gsund.
Der Weize lit im füechte Grund,
und mittem Thau im Morgeroth,
und mit sim Othem segnets Gott.

Und 's Anne Meile flink und froh,
es wartet mit der Suppe scho,
und d'Chinderli am chleine Tisch,
me weiß nit, welles 's fürnehmst isch.

Drum schmeckt mer au mi Pfifli wohl.
Denk wohl, i füllmers no ne mol!
Zuem frohe Sinn, zuem freie Mueth,
und heimetzue schmeckt Alles guet.

---

## Die Vergänglichkeit.
(Gespräch auf der Straße nach Basel zwischen Steinen und Brombach, in der Nacht.)

### Der Bueb seit zum Aetti:

Fast allmol, Aetti, wenn mer's Röttler Schloß
so vor de Auge stoht, se denki bra,
öbs üsem Hus echt au e mol so goht.
Stohts denn nit dört, so schudrig, wie der Tod

im Basler Todtetanz? Es gruset eim,
wie länger as me's bschaut. Und üser Hus,
es sitzt so wie ne Chilchi uffem Berg,
und d'Fenster glitzeren, es isch e Staat.
Schwetz, Aetti, gohts em echterst au no so?
I mein emol, es chönn schier gar nit sy.

  Der Aetti seit:
 Du guete Bursch, 's cha frili sy, was meinsch?
's chunnt Alles iung und neu, und Alles schlicht
sim Alter zue, und Alles nimmt en End,
und nüt stoht still. Hörsch nit, wie's Wasser ruuscht,
und siehsch am Himmel obe Stern an Stern?
Me meint, vo alle rühr si kein, und doch
ruckt Alles witers, Alles chunnt und goht.

 Je, 's isch nit anderst, lueg mi a, wie b'witt.
De bisch no iung; närsch, i bi au so gsi,
iez würds mer anderst, 's Alter, 's Alter chunnt,
und woni gang, go Gresgen oder Wies,
in Feld und Wald, go Basel oder heim,
's isch einerlei, i gang im Chilchhof zue, —
briegg, alber nit! und bis de bisch wien ich,
e gstandne Ma, se bini nümme do,
und d'Schof und Geiße weiden uf mi'm Grab,
so wegerli, und 's Hus wird alt und wüest;
der Rege wäscht der's wüester alli Nacht,
und d'Sunne bleicht der's schwärzer alli Tag,
und im Vertäfer popperet der Wurm.
Es regnet no dur d'Bühne ab, es pfift
der Wind dur d'Chlimse. Drüber thuesch du au
no d'Auge zue; es chömme Chindes-Chind,
und pletze dra. Z'letzt fuults im Fundement,
und 's hilft nüt meh. Und wemme nootno gar
zweitusig zehlt, isch Alles z'semme g'keit,
und 's Dörfli sinkt no selber in si Grab.
Wo d'Chilche stoht, wo 's Vogts und 's Here Hus,
goht mit der Zit der Pflueg. —

  Der Bueb seit:
      Nei, was de seisch!
  Der Aetti seit:
 Je, 's isch nit anderst, lueg mi a, wie b'witt!
Isch Basel nit e schöni tolli Stadt?
's sin Hüser drinn, 's isch mengi Chilche nit
so groß, und Chilche, 's sin in mengem Dorf

## Erste Abtheilung.

nit so viel Hüser. 's isch e Volchspiel, 's wohnt
e Richthum drinn, und menge brave Her,
und menge, wonni gchennt ha, lit scho lang
im Chrüz-Gang hinterm Münster-Platz und schloft.
's isch eithue, Chind, es schlacht e mol e Stund,
goht Basel au in's Grab, und streckt no do
und dört e Glied zuem Boden us, e Joch,
en alte Thurn, e Giebel-Wand; es wachst
do Holder druf, do Büechli, Tanne dört,
und Moos und Farrn, und Reiger niste drinn —
's isch schad derfür! und sin bis dörthi b'Lüt
so närsch wie iez, se göhn au Gspenster um.
D'Frau Faste, 's isch mer iez, sie fang scho a,
mer seits emol, — der Lippi Läppeli,
und was weiß ich, wer meh. Was stoßisch mi?

### Der Bueb seit:

Schwetz lisli, Aetti, bis mer über d'Bruck
do sin, und do an Berg und Wald verbei!
Dört obe iagt e wilde Jäger, weisch?
Und lueg, do niden in de Hürste seig
gwiß 's Eier-Meidli g'lege, halber fuul,
's isch Johr und Tag. Hörsch, wie der Laubi schnuft?

### Der Aetti seit:

Er het der Pfnüsel. Seig doch nit so närsch!
Hüst Laubi, Merz! — und loß die Todte go,
sie thüen der nüt meh! — Je, was hani gseit?
Vo Basel, aß es au emol verfallt. —
Und goht in langer Zit e Wanders-Ma
ne halbe Stund, e Stund mit dra verbei,
se luegt er dure, lit ke Nebel druf,
und seit si'm Kamerad, wo mittem goht:
„Lueg, dört isch Basel gstande! Selle Thurn
„seig d'Peters-Chilche gsi, 's isch schad derfür!"

### Der Bueb seit:

Nei, Aetti, isch's der Ernst, 's cha nit sy!

### Der Aetti seit:

Je, 's isch nit anderst, lueg mi a, wie b'witt,
und mit der Zit verbrennt die ganzi Welt.
Es goht e Wächter us um d'Mitternacht,
e fremde Ma, me weiß nit, wer er isch,
e funklet, wie ne Stern, und rüeft: „Wacht auf!
„Wacht auf, es kommt der Tag!" — Drob röthet si
der Himmel, und es bundert überal,

z'erst heimlig, alsg'mach lut, wie sellemol,
wo Anno Sechsenünzgi der Franzos
so ubing gschosse het. Der Bode schwankt,
aß d'Chilch=Thürn guge; d'Glocke schlagen a,
und lüte selber Bett=Zit mit und breit,
und Alles bettet. Drüber chunnt der Tag;
o, b'hüetis Gott, mer brucht ke Sunn derzue,
der Himmel stoht im Blitz, und d'Welt im Glast.
Druf gschieht no viel, i ha iez nit der Zit;
und endli zündets a, und brennt und brennt,
wo Boden isch, und Niemes löscht. Es glumst
wohl selber ab. Wie meinsch, siehts us derno?

Der Bueb seit:
O Aetti, sag mer nüt me! Zwor wie gohts
de Lüte denn, wenn Alles brennt und brennt?

Der Aetti seit:
He, d'Lüt sin nümme do, wenns brennt, sie sin —
wo sin sie? Seig du frumm, und halt di wohl,
geh, wo de bisch, und bhalt di Gwisse rein!
Siehsch nit, wie d'Luft mit schöne Sterne prangt!
's isch iede Stern verglichlige ne Dorf,
und witer obe seig e schöne Stadt,
me sieht sie nit vo do, und haltsch di guet,
se chunnsch in so ne Stern, und 's isch der wohl,
und findsch der Aetti dört, wenn's Gottswill isch,
und 's Chünge selig, d'Muetter. Debbe fahrsch
au b'Milchstroß uf in die verborgni Stadt,
und wenn de sitwärts abe luegsch, was siehsch?
e Röttler Schloß! Der Belche stoht verchohlt,
der Blauen au, as wie zwee alti Thürn,
und zwische drinn isch Alles use brennt,
bis tief in Bode abe. D'Wiese het
ke Wasser meh, 's isch Alles öb und schwarz,
und todtestill, so wit me luegt — das siehsch,
und seihsch di'm Kamerad, wo mitber goht:
„Lueg, dört isch b'Erde gsi, und selle Berg
„het Belche gheiße! Nit gar wit derbo
„isch Wisleth gsi! dört hani au scho glebt,
„und Stiere g'wettet, Holz go Basel g'füehrt,
„und broochet, Matte g'raust, und Liecht=Spöh' g'macht,
„und g'vätterlet, bis an mi selig End,
„und möcht iez nümme hi." — Hüst Laubi, Merz!

### Der Jenner.

Im Aetti setzt der Oeldampf zue,
mer chönnte 's Aempeli use thue,
und b'Läden uf. Der Morge-Schi
blickt scho zuem runde Nastloch i. —
O lueget doch, wie chalt und roth
der Jenner uf de Berge stoht.

Er seit: „I bi ne b'liebte Ma,
„der Stern am Himmel lacht mi a!
„Er glitzeret vor Lust und Freud,
„und mueß er furt, sen isch's em Leid,
„er luegt mi a, und cha's nit lo,
„und würd bizite wieder cho.

„Und unteher in Berg und Thal,
„wie flimmerets nit überal!
„An allen Enden Schnee und Schnee:
„'s isch Alles mir zue Ehre g'scheh,
„und woni gang im wite Feld,
„sin Stroße bahnt, und Brucke gstellt."

Er seit: „I bi ne frische Ma,
„i ha ne lustig Tschöpli a,
„und rothi Backe bis ans Ohr,
„e heiter Aug und Duft im Hoor,
„ke Wintergfrist, ke Gliederweh,
„und woni gang, je chracht der Schnee.

Er seit: I bi ne gschickte Ma,
„lueg, wieni überzuckere cha!
„I chuuch, und an de Hürste hangts,
„und an de zarte Birche schwankts.
„Der Zuckerbeck mit gschickter Hand,
„mit Geld und Guet wärs nit im Stand.

„Jez lueg au dini Schiben a,
„und wieni Helgli chritzle cha!
„Do hesch e Büemli, wenns der gfallt,
„do hesch e ganze Tannewald!
„Der Früehlig chönnts nit halber so,
„'s isch mit der Farb nit Alles tho."

Er seit: „I bi ne starche Ma,
„und zwing mi Näumer, wenn er cha!
„Der Forster gstablet uf der Jacht,
„der Brunntrog springt, der Eichbaum chracht.
„D'Frau Sunne, mittem Gsichtli rund,
„het's Herz nit, aß sie füre chunnt."

's isch wohr, me weiß nit, was sie tribt,
und wo sie alli Morgi blibt,
wie länger Nacht, wie spöter Tag,
wie besser aß sie schlofe mag,
und blieb es bis um Zehni Nacht,
se chäm sie erst, wenns Delfi schlacht.
  Nei, het sie's ghört? Dört chunnt sie jo!
Me meint, 's brenn Alles liechterloh! —
Sie stoht im chalte Morgeluft,
sie schwimmt im rothe Nebelduft.
Zeig, chuuch e wenig d'Schiben a,
's isch, aß me besser luege cha!
  Der Nebel woget uf und ab,
und d'Sunne chämpft, sie loßt nit ab.
Jez het sie's gunne. Wit und breit
strahlt ihri Pracht und Herlichkeit.
O lueg, wie's über d'Dächer wahlt,
am Chilche-Fenster, lueg, wie's strahlt.
  Der Jenner setzt si Arm in d'Huft,
er ruckt am Huet, und schnellt in d'Luft.
Der Jenner seit: „I förch di nit.
„Chumm, wenn de mit mer baschge witt!
„Was gilts, de würsch bizite goh,
„und rüehmsch bim Büebli nüt dervo!"
  Je, 's wär wohl hübsch und liebli so,
im warme Stübli gfallts eim scho.
Doch mengi Frau, das Gott erbarm,
sie nimmt ihr nackig Chind in d'Arm,
sie het em nüt um d'Gliedli z'thue,
und wicklet's mittem Fürtuech zue.
  Sie het kei Holz und het kei Brod,
sie sitzt und chlagts im liebe Gott.
G'friert Stei und Bei, wohl thaut der Schmerz
no Thränen uf im Muetterherz.
Der Jenner isch e ruuche Ma,
er nimmt si nüt um d'Armeth a.
  Gang, bring der arme Fischer-Lis
e Säckli Mehl, e Hembli wiß,
nimm au ne Wellen oder zwo,
und sag: sie soll au zuenis cho,
und Weihe hole, wenn i bach,
und decket iez der Tisch alsgmach.

### Der Knabe im Erdbeerschlag.

E Büebli lauft, es goht in Wald
am Sunntig Nomittag;
es chunnt in d'Hürst und findet bald
Erdbeeri Schlag an Schlag;
es günnt und ißt si halber z'tod,
und denkt: „Das isch mi Obebrod."
Und wi nes ißt, so ruuschts im Laub;
es chunnt e schöne Chnab.
Er het e Rock, wie Silberstaub,
und treit e goldne Stab.
Er glänzt wie d'Sunn am Schwizer Schnee.
Si lebelang hets nüt so gseh.
Druf redt der Chnab mi Büebli a:
„Was ißisch? i halts mit!"
„He, nüt!" seits Büebli, luegt en a,
und lüpft sie Chäppli nit.
Druf seit der Chnab: „He, ißisch nüt,
du grobe Burst, je battet's nüt!"
Verschwunden isch mi Chnab, unds stöhn
die nächste Hürst im Duft;
drus fliegt en Engeli wunderschön
uf in die blaue Luft,
und 's Büebli stoht und luegt em no,
und chratzt im Hoor, und lauft dervo.
Und sieder isch kei Sege meh
im Beeri=Esse gsi.
I ha mich lebtig nüt so gseh,
sie bschießen ebe nie.
Iß hampflevoll, so viel de witt,
sie stillen eim de Hunger nit.
Was gibi der für Lehre dri?
Was seisch derzue? Mer mueß
vor fremde Lüte fründli si
mit Wort und Red und Grueß;
und 's Chäppli lüpfe z'rechter Zit,
just het me Schimpf, und chunnt nit wit.

---

### Das Spinnlein.

Nei, lueget doch das Spinnli a,
wie's zarti Fäde zwirne cha!
Bas Gvatter, meinsch, chasch's au ne so?
De wirsch mer's, traui, blibe lo.

Es machts so subtil und so nett,
i wott nit, aßi 's z'haschple hätt.

Wo hets bi fini Riste g'no,
bi wellem Meister hechle lo?
Meinsch, wemme 's wüßt, wohl mengi Frau,
sie wär so gscheit, und holti au!
Jez lueg mer, wie's si Füeßli setzt,
und d'Ermel streift, und d'Finger netzt.

Es zieht e lange Faden us,
es spinnt e Bruck ans Nochbers Hus,
es baut e Land-Stroß in der Luft,
morn hangt sie scho voll Morgeduft;
es baut e Fueßweg nebe dra,
's isch, aß es ehne dure cha.

Es spinnt und wandlet uf und ab,
Potz tausig, im Galopp und Trab! —
Jez gohts ring um, was hesch, was gisch!
Siehsch, wie ne Ringli worden isch!
Jez schießt es zarti Fäden i,
wirds öbbe solle gwobe sy?

Es isch verstuunt, es haltet still,
es weiß nit recht, wo 's ane will.
's goht weger z'ruck, i sieh's em a;
's mueß näumis rechts vergesse ha.
Zwor denkt es, sell pressirt io nit,
i halt mi nummen uf dermit.

Es spinnt und webt, und het kei Rast,
so gliichlig, me verluegt si fast.
Und 's Pfarers Christoph het no gseit,
's seig iede Fade z'semme gleit.
Es mueß ein gueti Augi ha,
wers zehlen und erchenne cha.

Jez putzt es sini Händli ab,
es stoht, und haut der Faden ab.
Jez sitzt es in si Summer-Hus,
und luegt die lange Stroßen us.
Es seit: „Me baut si halber z'todt,
„doch freuts ein au, wenn 's Hüsli stoht."

In freie Lüfte wogt und schwankts,
und an der liebe Sunne hangts;
si schint em frei dur d'Beinli dur,
und 's isch em wohl. In Feld und Flur

sieht 's Mückli tanze iung und feiß;
's denkt bi nem felber: „Hätti eis!"

O Thierli, wie hesch mi verzückt!
Wie bisch so chlei und doch so gschickt!
Wer het di au die Sache glehrt?
Denkwol, der, wonis alli nährt,
mit milde Händen alle git.
Bis z'frieden! Er vergißt di nit.

Do chunnt e Fliege, nei wie dumm!
Sie rennt em schier gar 's Hüsli um,
sie schreit und winslet Weh und Ach!
Du arme Chetzer hesch di Sach!
Hesch keini Auge bi der g'ha?
Was göhn di üsi Sachen a?

Lueg, 's Spinnli merkts enanderno,
es zuckt und springt und het si scho.
Es denkt: „I ha viel Arbet g'ha,
„iez mueßi au ne Brotis ha!"
I sags io, der wo alle git,
wenns Zit isch, er vergißt ein nit.

## Der Wegweiser.

Weisch, wo der Weg zuem Mehlfaß isch,
zuem volle Faß? Im Morgeroth
mit Pflueg und Charst dur's Weizefeld,
bis Stern und Stern am Himmel stoht.

Me hackt, so lang der Tag eim hilft,
me luegt nit um, und blibt nit stoh;
druf goht der Weg dur's Schüre-Tenn
der Chuchi zue, do hemmers io!

Weisch, wo der Weg zuem Gulden isch?
Er goht de rothe Chrüzere no,
und wer nit uffe Chrüzer luegt,
der wird zuem Gulde schwerli cho.

Wo isch der Weg zuer Sunntig-Freud?
Gang ohni G'johr im Werchtig no
dur d'Werkstatt und dur's Ackerfeld!
der Sunntig wird scho selber cho.

Am Samstig isch er nümme wit,
was deckt er echt im Chörbli zue?
Denkwol e Pfündli Fleisch ins Gmües,
's cha iy, ne Schöpli Wi derzue.

Weisch, wo der Weg in b'Armeth goht?
Lueg numme, wo Taffere sin;
gang nit verbei, 's isch guete Wi,
's sin nagelneui Charte d'rinn!

Im letzte Wirthshuus hangt e Sack,
und wenn de furt gohsch, henk en a!
„Du alte Lump, wie stoht der nit
„der Bettelsack so zierlig a!"

Es isch e hölze G'schirrle d'rinn,
gib Achtig druf, verlier mer's nit,
und wenn de zue me Wasser chunnsch
und trinke magsch, se schöpf dermit!

Wo isch der Weg zue Fried und Ehr,
der Weg zuem gueten Alter echt?
Grad fürsi gohts in Mäßigkeit
mit stillem Sinn in Pflicht und Recht.

Und wenn de amme Chrüzweg stohsch,
und nümme weisch, wo's ane goht,
halt still, und frog di G'wisse z'erst,
's cha dütsch, Gottlob, und folg si'm Roth.

Wo mag der Weg zuem Chilchhof sy?
Was frogsch no lang? Gang, wo de witt!
Zuem stille Grab im chüele Grund
führt jede Weg, und 's fehlt si nit.

Doch wandle du in Gottis-Furcht!
i roth der, was i rothe cha.
Sel Plätzli het e gheimi Thür,
und 's sin noch Sachen ehne dra.

## Zweite Abtheilung.

### An den Geheimerath von Ittner,
Curator der Universität zu Freiburg,
bei dessen Gesandtschaftsreise in die Schweiz.

He bhüetich Gott der Her, und zürnet nüt!
Me schwezt, wie eim der Schnabel gwachse isch.
Gern chönti's besser, aber 's will nit goh.
Doch was vom Herze chunnt, isch au nit schlecht.

Der Chrüterma vo Badewiler\*) het
mer's mengmol gseit, und gfluecht derzu, es soll
kei Hypnum\*\*) meh, kei Carex\*\*\*) in der Welt
vor sini Auge cho (der Teufel weiß,
sin's Buebe oder Meidli), wenn e Ma
wie Ihr in siebe Here-Ländere seig.
I wills nit repetiere. Besser wärs,
der Chrüterma hätt's au nit gseit; es isch
mit some Fluech nit z'spasse. Hets der Recht'
zuem Unglück ghört, se glänzt mim Chrüterma
kei Sternli meh vom blaue Himmelszelt,
kei Blüemli meh im grüene Matte-Grund.
Du arme Chetzer, Carex, Hypnum schießt
bim Aug ergege, wo de stohsch und gohsch.

I mach kei Gspaß, es isch mer selber so,
und woni näumen ane lueg, se stoht,
was hent der gmeint? e Hypnum? Nei, se stoht
libhaftig Euer Bildnuß vor mim Aug,
so fründlig und so lieb; und stirbi morn,
und siehnich nümme, bis am jüngste Tag,
se chummi in mim goldne Sunntigrock,

---
\*) Gmelin, Verfasser der Flora Badensis, den Ittner oft auf botanischen Wanderungen begleitete.
\*\*) Eine Art Laubmoos.
\*\*\*) Riedgras.

(es heißt, mer werden alli neu gstaffirt),
und sag mim Kamerad, wo mit mer goht:
„Isch sel nit der Her Ittner, wo im Duft
„dört an der Milchstroß goht? Jez buckt er si,
„und bschaut e Blüemli, 's wird Dudaim *) sy."
Druf laufi, was i laufe cha, d'Stroß uf;
der Kamerad blibt z'ruck, er chunnt nit no.
Druf sagi: „Mit Verlaubt! I mein emol,
„der seigets. Hani nit vor langer Zit
„beim Kaiserwirth e Schöpli mittich gha?
„Wie hent der gschlofe? Wohl? Der Morgen isch
„so heiter. Wemmer nit e wengeli
„do ane sitze zue dem Amarant?"

Jez bhüet ich Gott, und spar ich frisch und gsund
uf Euer lange Berg- und Schwizer-Reis.
's het d'Milchstroß uf, am jüngste Tag, no Zit
wohl hunderttausig Johr, und isch denn dört
viel schöner echt, aß an der Limeth Gstad?
Wie glitzert uffem See der Silberstaub!
Wie wechsle hundertfältig Farb und Glanz,
Palläschtli, Dörfer, Chilchthürn, Bluemegstad
am Ufer her, und wie ne Nebel stigt
dört hinte d'Nagelflue mit ihrem Schnee
zuem Himmel uf dur's Morgeduft! Es schnuuft
meng Geißli dört und menge schöne Bock.

Nu gunnich Gott der liebi Freude viel
mit eue brave Fründen in der Schwiz,
und grüeßet mer der Wiese Gschwister-Chind
d'Frau Limeth, und vergesset's Heimcho nit;
's sin herwärts Schwarzwald gar viel bravi Lüt,
und hennich lieb, und schöni Jümpferli
(me seit, sie heiße Muse), warten au
am Treisamgstad. Es heißt, Ihr seiget io
ihr Vogtma z'Friberg, und sie singe schön,
und rede mittich allerlei; 's verstands
ke gmeine Ma, und menge Pfarrer nit.

---

### Die Feldhüter.

Hinte Wald und Berg bis an die duftige Wulke,
vorne Matte voll Chlee, und Saat und goldene Lewat,
stoht e Hütte im Feld und in der einsame Mittnacht.

---

*) Eine aus der Bibel bekannte Pflanze, wahrscheinlich der Alraun oder Mandragora.

Numme d' Sterne wache, und numme uo d'Feldberger Wiese,
und der Schuhu im Wald und öbbe Geister und Hirze.
Aber im Hüttli sitze, und hüete die buschige Felder
's Meiers muntere Fritz und 's Müllers lockige Heiner.
„Heinerli," seit der Fritz, „der Schlof goht lisli um d'Hütte.
„Lueg, iez chunnt er is inen, und lueg doch, weger, er het di!
„Weibli, chumm ins Grüen! Mer wen im lieblige Wechsel
„mitenander singen. Es weiht e luftige Nachtluft,
„g'vätterlet mittem Laub, und exerziert mit de Halme:
„Rechts umkehrt euch! Links her stellt euch! Nonemol rechts um!"
Aber 's Müllers Heiner mit siner lockige Stirne
streckt si und stoßt uf, und suecht sie gläseni Röhre.
„Fritzli, stoß mi nit!" Jez stöhn sie gegen enander,
der am Chriesi=Baum, der an der duftige Linde,
und probiere d'Tön in ihrer Höchi und Tiefe,
setzen ab, und setzen a. „Sing, Heinerli, du z'erst!"
seit der Fritz, „de hesch doch, traui, näume ne Schätzli!"

### Heiner.

Tränki früeih am Brunne, so holt au 's Meieli Wasser.
Wäscht es am Obe Salat, se chummi wieder an d'Tränki.
„Gueten Obe!" — „Dank der Gott! Mer treffe's doch ordli." —
„So mer treffes ordli; 's isch hüt e lieblige Tag gsi."

### Fritz.

In der Chilchen im Chor, und wenn der Her Pfarer e Spruch seit,
luegi mi Vreneli a, öb es au ordeli Acht git,
und es luegt mi a, öb i au ordeli Acht gib.
Lauft au drüber 's Sprüchli furt, mer chönne's nit hebe.

### Heiner.

Schön tönt d'Schopfemer Glocke, wenn früeih der Morgen in b'Nacht
luegt,
süeß tönt d'Menscheftimm wohl in der Schopfemer Orgle;
schöner tönt es mi a, und süeßer goht's mer zue Herze,
wenn mi 's Meieli grüeßt, und seit: „Mer treffe's doch ordli."

### Fritz.

Weiht der Früehlig ins Thal, und riesle die luftige Bächli,
und der Vogel zieht, furt möchti riten, und b'Welt us.
Wenn i bi mi'm Vreneli sitz im heitere Stübli,
isch das Stübli mi Welt, und, Gott verzeih' mer's, mi Himmel.

### Heiner.

Ziehni der Nüntelstei, gichickt baui Mühlen an Mühle,
„uf und zue, und mir bie Chue!" — Wer zeigt mer mi Meister?
Aber isch 's Meieli do, und höri si Stimm und si Rädli,
oder es lueget mer zue, ne Schuelerbüebli chönnts besser.

#### Fritz.

Cheigle mer usem Platz, sitzt's Vreneli unter der Linde,
sallemer Siebe g'wiß. Doch seits: „Zeig, trifsch mer der Chünig,"
trifsi der Chünig allei. Doch seits: „Jez gangi," und 's goht au,
und isch nümme do, blind lauft mer d'Chugle dur d'Gasse.

#### Heiner.

Lieblige Ton und Schall, wo hesch di Gang in de Lüfte?
Ziehsch mer obben in's Dorf, und chunnsch ans Meiclis Fenster,
weck mer's lisli uf: „Es loßt di der Heinerli grüeße."
Frogt's mi früeih, so läugni's. Doch werde mi d'Auge verrothe.

#### Fritz.

Vreneli, schlof frei wohl in dim vertäflete Stübli,
in di'm stille Herz, und chummi der obben im Traum vor,
lueg mi fründli a, und gieb mer herzhaft e Schmützli!
Chummi heim, und triff di a, i gib der en anders.

#### Heiner.

Her Schuelmeister, o Mond, mit diner wulkige Stirne,
mit di'm glehrte Gsicht, und mit di'm Pflaster am Backe,
folge der dini Chinder, und chönne sie d'Sprüchli und d'Psalme?
Blib mer nit z'lang stoh bi sellem gattige Sternli.

#### Fritz.

Wülkli der chüele Nacht, in diner luftige Höchi,
seif mer der Schulmeister i mit diner venedische Seife,
mach em e rechte Schuum! So brav und allewil besser,
aß er sie nit chüße cha, die gattige Sternli.

#### Heiner.

Ruuscht scho der Morgen im Laub? Gohn d'Geister heim uffe
                                                       Chilchhof?
Arme Steffi, du bisch tief in der Wiese vertrunke,
und di Chüngeli isch im heimlige Chindbett verschieden.
Aber iez chömmeter z'semen all Nacht am luftige Chrüz-Weg.

#### Fritz.

Füürige Mannen im Ried, und am verschobene Marchstei,
machetich nümme lustig! Me weiß scho, werich zuem Tanz spielt.
Chömm mer kein in d'Nöchi mit siner brennige Stange!
Daß di dieser und iener, du sappermentische Rothchopf! —

Fridli, seit der Heiner, gern itzi Eieren-Anke,
Ziebele-Weihe so gern. Doch chönnti Alles vergesse,
höri di liebligi Stimm und dini chünstlige Wise.
Chömme mer heim ins Dorf, o wüßti, was der e Freud wär!
Gell, de nimmsch mers ab? Vier neui weltlichi Lieder
von des Sultans Töchterlein, der Schreiber im Korbe,

's dritt vom Dokter Faust, und 's viert vom Lämmlein im
           Grünen.
's isch nit lang, i ha sie neu am Chanderer Märt g'chauft. —
  Heinerli, seit der Fritz, i schenk dir e sufere Helge.
d'Muetter Gottis luegt im goldene Helgen in Himmel.
„Jesis Mareie," seit sie, „wie isch's do obe so heiter!"
und ihr Gsicht wird sunnehell und lächlet so liebli,
aß me möcht katholisch werde, wemme sie aluegt.
Brings di'm Meili, weisch was, 's het au so fründbligi Augen,
und biß nit so schüüch, und sag' em, wies der um's Herz isch.

---

### Des neuen Jahres Morgengruß.

  Der Morge will und will nit cho,
und woni los, schloft Alles no;
i weck sie nit, so lang i cha,
i lueg e wengeli d'Gegnig a.
Zeig, Wülfli, mach iez keini Streich!
Der Mond schint ohni das so bleich.

  Kei Blüemli roth, kei Blüemli wiß!
An alle Bäume nüt as Ris!
Um alli Brunnntrög Strau und Strau,
vor Chellerthür und Stallthür au.
Mi Vetter hets drum sölli g'macht,
und lauft iez furt in dunkler Nacht.

  Das Ding das mueß mer anderst cho!
Jß bi der Ma, und 's blibt nit so.
Die Gärte müen mer g'süfert sy,
Aurikeli und Zinkli dri,
und neui Blüthen alli Tag,
was Hurst und Nast vertrage mag.

  Es rüehrt sie nüt. Sie schlofe 2c. —
Nei, lueg, es sitzt e Spätzli do;
du arme Tropf bisch übel dra,
was gilts, er het e Wibli g'ha?
und druf isch Noth und Mangel cho,
sie hen si mueße scheide lo.

  Jez het er e bitrüebti Sach,
kei Frau, kei Brod, kei Dach und Fach,
und stoht er uf, so spot er mag,
je seit em Niemes guete Tag;
und Niemes schnidt em d'Suppen i.
Wart, Bürstli, dir mueß g'hulfe si.

Es rüehrt si nüt. Sie schlofe no. —
Ne gattig Chilchli hen sie do,
so sufer, wie in menger Stadt.
's isch Sechsi uffem Zifferblatt.
Der Morge chunnt. Bi miner Treu,
es friert ein bis in Mark und Bei.

Die Todte g'spüre nüt dervo;
ne rüeihig Lebe hen si do.
Sie schlofe wohl, und 's friert sie nit:
der Chilchhof macht vo Allem quitt.
Sin echt no leeri Plätzli do?
's cha sy, me bruucht e paar dervo.

Ne Chindli, wo ke Muetter het,
denkwohl i mach em do si Bett.
En alte Ma, en alti Frau,
denkwohl, i bring di Stündli au.
Hesch mengi Stund im Schmerz verwacht,
do schlofsch, und hesch e stilli Nacht.

Jez brennt emol e Liechtli a,
und dört en anders nebe dra,
und d'Läde schettre druf und druf,
do goht, bim Bluest, e Husthür uf!
„Grüeß Gott, ihr Lüt, und i bi do,
„i bi scho z'Nacht um Zwölfi cho.

„Mi Vetter het si Bündel g'macht,
„und furt bi Nebel und bi Nacht.
„Wär i nit uf d'Minute cho,
„'s hätt weger chönne g'föhrli goh.
„Wie g'fall ich in mim Sunntig-G'wand?
„'s chunnt fadeneu us Schniders Hand.

„E Rübeli-Rock, er stoht mer wohl,
„zuem rothe Scharlach-Kamisol,
„und Plüschi-Hose hani a,
„e Zitli drin, e Bendeli dra,
„ne g'chrüslet Hoor, e neue Huet,
„e heiter Aug, e frohe Mueth.

„Es luegt do ein mi Schnappsack a,
„und 's nimmt en Wunder, was i ha.
„Ihr liebi Lüt, das sagi nit,
„wenns chunnt, so nimm verlieb dermit!
„'s sin Rösli drin und Dorne dra,
„me cha nit iedes b'sunders ha.

„Und Wagle=Schnüer, und Wickelband,
„e Fingerring ans Brütli's Hand,
„en Ehrechranz, in's lockig Hoor,
„e Schlüssel au zuem Chilchhofthor.
„Gent Achtig, was i bitt und sag,
„'s cha Jede treffe alli Tag.

„E stille Sinn in Freud und Noth,
„e rüeihig G'wisse gebich Gott!
„Und wers nit redli meint und guet,
„und wer si Sach nit orbli thuet,
„dem bring i au kei Sege mit,
„und wenni wott, se chönnte nit.

„Jez göhnt und leget d'Chinder a,
„und was i g'seit ha, denket dra.
„Und wenn der au in d'Chilche wennt,
„se schaffet, was der z'schaffe hent.
„Der Tag isch do, der Mond vergoht,
„und d'Sunne luegt ins Morgeroth."

## Geisterbesuch auf dem Feldberg.

Hani gmeint, der Denglegeist, ihr Chnabe vo Todtnau,
seig e böse Geist, iez wüßti andre B'richt z'ge.
Us der Stadt, das bini, und wills au redli bikenne,
mengem Chauf=Her verwandt vo siebe Suppe ne Tünkli,
aber e Sunntig=Chind. Wo näume luftige Geister
uffem Chrüzweg stöhn, in alte G'wölbere huse,
und verborge Geld mit füürigen Auge hüete,
oder vergoße Bluet mit bittere Thräne wäsche,
und mit Grund verschare, mit rothe Nägle verchratze,
siehts mi Aug, wenns wetterleicht. Sie wimsle gar sölli.
Und wo heiligi Engel mit schöne blauen Auge
in der tiefe Nacht in stille Dörfere wandle,
an de Fenstere lose, und, höre sie liebligi Rede,
gegen enander lächlen, und an de Husthüre sitze,
und die frumme Lüt im Schlof vor Schade biwahre,
oder wenn sie, selb ander und dritt, uf Gräbere wandle,
und enander sage: „Do schloft e treui Muetter,
„do en arme Ma, doch het er Niemes betroge.
„Schlofet sanft und wohl, mer wennich wecke, wenns Zit isch!"
siehts mi Aug im Sterneliecht, und höri sie rede.
Menge chenni mit Name, und wemmer enander bigegne,
biete mer is b'Zit, und wechsle Reden und Antwort:

„Grüeß di Gott! Hesch guete Wacht?" — „Gott dank der, so ziemli."
Glaubets oder nit! Ne mol, se schickt mi der Vetter
Todtnau zue, mit allerhand verdrießliche G'schäfte.
Wo mer's Kaffi trinken und Ankeweckli drin tunke:
„Halt er si nienen uf, und schwetz er nit, was em ins Muul chunnt,"
rüeft mer der Vetter no, „und loß er si Tabatiere
„nit im Wirthshuus liege, wie's just bim Here der Bruuch isch."
Uf und furt, i gang, und was mi der Vetter ermahnt het,
hani richtig verforgt.  Jez sitzi z'Todtnau im Adler, —
und iez gang i spaziere und mein, i chönn nit verirre,
mein, i seig am Dorf; z'lez chresmi hinten am Feldberg,
d'Vögel hen mi g'lockt, und an de Bächlene d'Blüemli.
Selle Fehler hani, i cha mi an allem verthörle.
Drüber wird es chüel und d' Vögel sitzen und schwige.
's streckt scho dört und do e Stern am düstere Himmel
's Chöpsli usen, und luegt, öb b'Sunn echt aben ins Bett seig,
öb er echt dörf cho, und rüeft den andere: „Chömmet!"
und i ha kei Hoffnig meh.  Druf leg i mi nieder.
's isch e Hütte dört, und isch en Aerfeli Strau drinn.
„O du liebe Zit," so denki, „wenn i beheim wär!
„Oder es wär scho Mitternacht.  Es wird doch e G'spenstli
„näume dohinte sy, und z'Nacht um Zwölfi verwache,
„und mer d'Zit vertribe, bis früeih die himmlische Liechter
„d'Morgeluft verlöscht, und wird mer zeige, wo's Dorf isch."
Und iez, woni 's sag, und mittem vordere Finger
's Zitli frog, wo's Zeigerli stand, 's isch z'finster für's Aug gsi,
und wo's Zitli seit, 's gang ab den Oelfen, und woni
's Pfifli use leng, und denk: iez trinki no Tubak,
aß i nit vertschlof — bim Bluest, se fangen uf eimol
ihrer zwe ne G'spröchli a.  I mein, i ha g'loset. —
„Gell, i chumm hüt spot? Drum isch e Meideli g'storbe
„z'Mambach.  's het e Fiberli g'ha und leidigi Gichter.
„'s isch em wohl.  Der Todesbecher hani em g'heldet,
„aß es ringer gang, und b'Augen hani em zuebruckt,
„und ha g'seit: Schlof wohl!  Mer wenn di wecke, wenns Zit isch. —
„Gang, und biß so guet, und hol mer e wengeli Wasser
„in der silberne Schaale, i will iez mi Sägese dengle."
Dengle? han i denkt, e Geist? und düselen use.
Woni lueg, se sitzt e Chnab mit goldene Fegge
und mit wißem G'wand und rosefarbigem Gürtel
schön und lieblig do, und nebenem brenne zwei Liechtli.
„Alli guete Geister," sagi; „Her Engel, Gott grüeß di!"
„Loben ihre Meister!" seit druf der Engel, „Gott dank der!" —
„Nüt für übel, Her Geist, und wenn e Frögli erlaubt isch,
„sag mer, was hesch du denn z'dengle?" — „D'Sägese," seit er.

„Jo, sel siehni," sagi, „und ebe das möchti gern wisse,
„wozue du ne Sägese bruuchsch." — „Zuem Meihe. Was hesch g'meint?"
seit er zue mer. Druf sagi: „Und ebe das möchti gern wisse."
Sagi zuenem: „Isch's verlaubt? — Was hesch du denn z'meihe?" —
„Gras, und was hesch du so spot do hinte z'verrichte?"
„Nit gar viel," hani gseit, „i trink e wengeli Tubak;
„wäri nit verirrt, wohl wärs mer z'Todtnau im Adler.
„Aber mi Red nit z'vergesse, je sag mer, wenn b'witt so guet sy,
„was du mittem Gras witt mache." — „Fuetere," seit er.
„Eben und das nimmt mi Wunder, de wirsch doch, Gott will, ke Chue ha?"
„Nei, ne Chue just nit, doch Chalbele," seit er, „und Esel."
„Siehsch dört selle Stern?" Druf het er mer obe ne Stern zeigt.
„'s Wienecht=Chindli's Esel, und 's heilige Friedeli's Chalble *)
„othme d'Sterne=Luft dört oben, und warten ufs Fueter.
„Und dört wachst kei Gras, dört wachse numme Rosinli,"
het er g'seit, „und Milch und Hunig rieslen in Bäche,
„aber 's Vieh isch semper, 's willi alli Morge si Gras ha,
„und e Löckli Heu, und Wasser us irdische Quelle.
„Dordurwille dengli iez, und willi gho meihe.
„Wärsch nit der Ehre werth, und seisch, du wellsch mer au helfe?"
So het der Engel gseit. Druf sagi wieder zuem Engel:
„Lueg, 's isch so ne Sach. Es sott mer e herzligi Freud sy,
„d'Stadtlüt wisse nüt vo dem; mer rechnen und schribe,
„zähle Geld, sel chönne mer, und messen und wäge;
„laden uf und laden ab, und esse und trinke.
„Was me bruucht ins Muul, in Chuchi, Cheller und Chammer,
„strömt zu alle Thoren i, in Zeinen und Chretze;
„'s lauft in alle Gassen, es rüeft an allen Ecke:
„Chromet Chrisi, chromet Anke, chromet Andivi!
„Chromet Ziebele, geli Rüebe, Peterliwurze!
„Schwebelhölzi, Schwebelhölzi, Bodekolrabe!
„Paraplü, wer koof? Reckholderberi und Chümmi!
„Alles für baar Geld und Alles für Zucker und Kaffi, ..
„Hesch du au scho Kaffi trunke, Her Engel, wie schmeckt's der?"
„Schwetz mer nit so närsch!" seit druf der Engel und lächlet.
„Nei, mer trinke Himmelsluft und esse Rosinli,
„Vieri alli Tag, und an die Sunntige fünfi.
„Chumm iez, wenn de mit mer witt, iez gangi go meihe,
„hinter Todtnau abe, am Weg, an grasige Halde."
„Jo, Her Engel, frili willi, wenn de mi mitnimmsch,
„'s wird afange chüel. I will der d'Sägese trage.

---

*) Nach einer alten Sage hätte der heilige Fridolin (in der katholischen Schweiz und dem obern Schwarzwalde ein gefeierter Name) mit zwei jungen Kühen eine Tanne bei Säckingen in den Rhein geführt, und dadurch diesen Fluß von der einen Seite der Stadt auf die andere geleitet.

„Magsch e Pfifli Tubak rauche, stohts der zue Dienste."
Sieder rüeft der Engel: „Puhuh!" Ne füürige Ma stoht,
wie im Wetter, do. „Chumm, zündis abe go Todtnau!"
Seits, und voris her marschiert der Puhuh in Flamme,
über Stock und Stei und Dorn, e lebigi Fackle.
„Gell, es isch chummli so," seit iez der Engel: „Was machsch echt?
„Worum schlagsch denn Füür? Und worum zündisch di Pfifli
„nit am Puhuh a? De wirsch en doch öbbe nit förchte,
„so ne Fraufaste=Chind, wie du bisch, — het er di g'fresse?"
„Nei, Her Engel, g'fresse nit. Doch muessi bikenne,
„halber hani'm numme traut. Guet brennt mer der Tubak.
„Selle Fehler hani, die füürige Manne förchi;
„lieber sieben Engel, as so ne brennige Satan."
„'s isch doch au ne Gruus," seit iez der Engel, „aß d'Mensche
„so ne Furcht vor G'spenstere hen, und hätte's nit nöthig.
„'s sin zwee einzigi Geister de Mensche g'fährli und furchtbar:
„Irrgeist heißt der eint', und Ploggeist heißt der ander;
„und der Irrgeist wohnt im Wi. Us Channe und Chruse
„stigt er eim in Chopf, und macht zerrütteti Sinne.
„Selle Geist führt irr im Wald uf Wegen und Stege,
„'s goht mit eim z'unterst und z'öberst, der Bode will unter eim breche!
„d'Brucke schwanke, d'Berg bewege si, Alles isch doppelt.
„Nimm di vorem in Acht!" Druf sagi wieder zuem Engel:
„'s isch e Stich, er bluetet nit! Her Gleitsma, i merk di.
„Nüechter bini gwis. I ha en einzig Schöpli
„trunke g'ha im Adler, und frog der Adlerwirth selber.
„Aber biß so guet und sag mer, wer isch der anber?"
„Wer der anber isch," seit iez der Engel, „das frogsch mi!
„'s isch e böse Geist, Gott well di vorem biwahre.
„Wemme früeih verwacht, um Vieri oder um Fünfi,
„stoht er vorem Bett mit große füürigen Auge,
„seit eim guete Tag mit glüehige Ruethen und Zange.
„'s hilft kei das walt Gott, und hilft kei Ave Maria!
„Wemme bete will, enanderno hebt er eim's Muul zu.
„Wemmen an Himmel luegt, se streut er Aeschen in d'Auge.
„Het me Hunger, — und ißt, — er wirft eim Wermueth in d'Suppe;
„möcht me z'Obe trinke, er schüttet Gallen in Becher.
„Lauft me wie ne Hirz, er au, und blibt nit dehinte.
„Schlicht me wie ne Schatte, se seit er: Jo, mer wen g'mach thue.
„Stoht er nit in der Chilchen, und sitzt er nit zue der ins Wirthshuus?
„Wo de gohsch und wo de stohsch, sin G'spenster und G'spenster.
„Gohsch ins Bett, thuesch d'Auge zue, se seit er: 's pressiert nit
„mittem Schlofe. Los, i will der näumis verzehle:
„Weisch no, wie de g'stohle hesch, und d'Waisli betroge,
„so und so, und das und beis; und wenn er am End isch,

„fangt er vornen a, und viel will's Schlofe nit fage."
So het der Engel g'feit, und wie ne füürige Luppe
het der Puhuh g'fprützt. Druf fagi wieder: „I bi doch
„au ne Sunntig=Chind, mit mengem Geiftli bifründet,
„aber b'hüet mi Gott der Her!" Druf lächlet der Engel:
„B'halt di Gewiffe rein, 's goht über b'fiebnen und b'fegne,
„und gang iez das Wegli ab, dort nieden ifch Tobtnau.
„Nimm der Puhuh mit, und löfch en ab in der Wiefe,
„aß er nit in d'Dörfer rennt, und b' Schüüre nit azündt.
„B'hüet di Gott, und halt di wohl!" Druf fagi: „Her Engel!
„B'hüet di Gott der Her, und zürn nüt! Wenn de in b'Stadt chunnfch,
„in der heilige Zit, fe b'fuech mi, 's foll mer en Ehr fy.
„'s ftöhn der Rofinli z'Dienft und Hypokras, wenn er bi animmt.
„D' Sterneluft ifch rau, abfunderli nebe der Birfig."\*)
Drüber graut der Tag, und richtig chummi go Tobtnau,
und gang wieder Bafel zue im lieblige Schatte.
Woni am Mambach chumm, fe trage fie 's Meideli ufe,
mittem heilige Chrüz und mit der verblichene Fahne,
mittem Chranz am Tobtebaum, und briegen und fchluchze.
Hent ders denn nit g'hört! Er wills io wecke, wenns Zit ifch.
Und am Ziftig druf, fe chummi wieder zuem Vetter,
b'Tubak=Dofe hani richtig näume lo liege.

## Erinnerung an Bafel.
### An Frau Meville.

Z'Bafel an mi'm Rhi,
io dört möchti fy!
Weiht nit d'Luft fo mild und lau,
und der Himmel ifch fo blau
an mi'm liebe Rhi.

In der Münfter Schuel,
uf meim herte Stuehl,
magi zwor iez nüt meh ha,
d'Töpli ftöhn mer nümmen a
in der Basler Schuel.

Aber uf der Pfalz
alle Lüte gfallt's.
O wie wechsle Berg und Thal,
Land und Waffer überal
vor der Basler Pfalz!

---
\*) Birfig, ein kleiner Fluß, der durch Bafel fließt.

Uf der breite Bruck,
für si hi und z'ruck,
nei, was sieht me Here stoh,
nei, was sieht me Jumpfere goh,
uf der Basler Bruck!

Eins isch nimme do,
wo isch's ane cho?
's Scholers Nase, weie weh,
git der Bruck kei Schatte meh.
Wo bisch ane cho?

Wie ne freie Spatz,
uffem Peters Platz,
fliegi um, und 's wird mer wohl,
wie im Buebe-Kamisol,
uffem Peters Platz.

Uf der grüene Schanz,
in der Sunne Glanz,
woni Sinn und Auge ha,
lacht's mi nit so lieblig a,
bis go Sante Hans.

's Seilers Rädli springt;
los, der Vogel singt.
Summervögli iung und froh
ziehn de blaue Blueme no.
Alles singt und springt.

Und e bravi Frau
wohnt dört uffen au.
„Gunnich Gott e frohe Mueth!
„Nehmich Gott in treui Huet,
„liebi Basler Frau!"

## Auf die Insel bei Obelshofen
### am Tage ihrer Einweihung *).

Zeig Jumpfere us em Oberland,
mit diner Harpfen in der Hand,
flicht di Zirinke-Chranz ins Hoor,
legs Halstuech a us Silberflor,

---

*) Hebel's Verehrer hatten eine Insel bei Obelshofen mit Anlagen versehen, Hebels-Insel genannt. In des Dichters Gegenwart wurde sie durch ein ländliches Fest eingeweiht, zu dessen Erinnerung Hebel obiges Gedicht verfaßte.

chumm, sing e Liedli so und so!
De chasch nit viel.   Mer wisse's scho.

Findsch echt der Weg ins Unterland?
Der Schwarzwald blibt uf rechter Hand,
mit sine Firste hoch und lang,
und 's Wasser links, 's goht au di Gang,
und obe Himmel rein und blau,
und unte frische Morgethau.

Doch wenn de n'über d'Chinzig gohsch,
und z'Offeburg am Scheidweg stohsch,
's goht links di Weg, und denk mer dra,
iez goht di b'Bergstros nüt meh a.
Lueg um di!  Siehsch kei Insle do?
O b'hüet is Gott, do isch sie jo.

Wie isch das Inseli so nett,
aß wenn's e Engel zirklet hätt,
aß wenn's si eige Gärtli wär!
Wie badets in sim chleine Meer!
Wie badets in sim Bluemeduft,
und sunnt si in der reine Luft!

's treit menge Her e Stern am Band,
het Geld wie Laub, und Lüt und Land;
er ißt Pastete, Fleisch und Fisch;
e goldne Bueb stoht hinterm Tisch;
es fehlt em nüt.  Frog was de witt!
doch so ne Plätzli het er nit.

Und heig er au; was isch derno?
Ihm singe d'Vögeli doch nit froh,
ihm blüehe d'Blüemli nit so blau,
der Nachtluft weiht em nit so lau.
's chunnt nit uf Luft und Vögel a,
me muß es in ihm selber ha.

Ne frohe Sinn, e lustig Bluet,
in Freud und Leid e guete Mueth,
und wemme binenander sitzt,
und d'Freud eim us de Auge blitzt,
sel will e ander Röckli ha,
im gstickte Gala gohts nit a.

Bim Bluest, dört chömme Here-Lüt!
sing herzhaft furt, sie thüen der nüt.
Sag: Grüeß ich Gott und mach ich froh
in eurem nette Pärkli do;

und wenn sie bi der dure göhn,
gang usem Weg und neig bi schön.

So grüeß ich Gott und mach ich froh,
in eurem nette Gärtli do,
und spar ich gsund Johr i, Johr us,
o schenket mer e Blüemli drus.
I flicht mers in d'Zirinki i,
es soll mi fürnehmst Blüemli si.

Frau Sunne, was i z'bitte ha,
lueg lieb und süeß das Plätzli a,
und wärms frei wohl und tränks mit Luft,
us diner süeße Muetter=Brust.
Mer sin zwor nit elleinig do,
doch hen die Andre au dervo.

Herr Vollmo, und was d'Nacht erhellt,
wenn d'Sunne schloft im stille Zelt,
i will ichs au bifohle ha,
und luegt e Chnab si Schätzli a,
und wenns em au e Schmützli git,
sind still derzue, verrothets nit.

Jez Jumpfere mit dem Harpfespiel
mach, aß de furtchunsch. Z'viel isch z'viel,
und chunsch mer heim im Obedroth,
und 's frogt di eis: Woher so spot?
je sags, und rüehms frei do und dört,
un halt di redli. Hesch mers ghört?

---

### Die Aeberraschung im Garten.

„Wer sprützt mer alli Früeih mi Rosmeri?
„es cha doch nit der Thau vom Himmel si;
„sust hätt der Mangel dau si Sach,
„er stoht doch au nit unterm Dach.
„Wer sprützt mer alli Früeih mi Rosmeri?

„Und wenn i no so früeih ins Gärtli spring,
„und unterwegs mi Morgeliedli sing,
„isch näumis g'schafft. Wie stöhn iez reihewis
„die Erbse wieder do am schlanke Ris
„in ihrem Blueft! I chumm nit us dem Ding.

„Was gilts, es sin die Jumpferen usem See!
„Me meint zwor, 's chömm, wie lang scho, keini meh.

„Suft sin sie in der Mitternacht,
„wenn Niemes meh als d'Sterne wacht,
„in d'Felder use g'wandelt usem See.

„Sie hen im Feld, sie hen mit krummer Hand
„de brave Lüte g'schafft im Garteland,
„und isch me früeih im Morgeschimmer cho,
„und het iez welle an si Arbet go,
„isch Alles fertig gsi, — und wie scharmant!

„Du Schalk dört hinte, meinsch, i seh di nit?
„Jo, duck di numme nieder, wie de witt!
„I ha mer's vorgstellt, du würdsch sy.
„Was falle der für Jesten i? —
„O lueg, vertritt mer mini Setzlig nit!" —

„O Kätterli, de hesch's nit solle seh!
„Jo, dine Blueme hani z'trinke ge,
„und wenn de wotsch, i gieng für di dur's Füür
„und um mi Lebe wär mer di's nit z'thüür,
„und 's isch mer o gar sölli wohl und weh."

So het zuem Kätterli der Fridli g'seit,
er het e schweri Lieb im Herze treit,
und het's nit chönne sage iust
und es het au in siner Brust
e schüüchi zarti Lieb zuem Fridli treit.

„Lueg, Fridli, mini schöne Blüemli a,
„'s sin numme alli schöne Farbe dra.
„Lueg, wie eis geg'nem andre lacht,
„in siner holde Früehligs=Tracht,
„und do sitzt scho ne fließig Immli dra." —

„Was helfe mer die Blüemli blau und wiß?
„O Kätterli, was hilft mer's Immlis Fliß?
„Wärsch du mer hold, i wär im tiefste Schacht,
„i wär mit dir, wo au kei Blüemli lacht,
„und wo kei Immli summst, im Paradies."

Und d'rüber hebt si d'Sunne still in d'Höh,
und luegt in d'Welt, und seit: „Was mueß i seh
„in aller Früeih?" — Der Fridli schlingt si Arm
um's Kätterli, und 's wird em wohl und warm.
Druf het em 's Kätterli e Schmützli ge.

### Riedligers Tochter.

Spinnet, Töchterli, spinnet, und Jergli leng mer der Haspel!
D'Zit vergoht, der Obed chunnt und 's streckt' si ins Früeihjohr.
Bald gohts wieder use mit Hauen und Rechen in Garte.
Werdet nur flißig und brav und hübsch, wie 's Riedligers Tochter!

In de Berge stoht e Huus, es wachse iez Wesme
uffem verfallene Dach, und 's regnet aben in d'Stube.
Frili 's isch scho alt, und sin iez anderi Zite,
weder wo der Simme=Fritz und 's Eveli g'huust hen.
Sie hen 's Huus erbaut, die schönsti unter de Firste,
und ihr Name stoht no näumen am ruetzige Tremel.
Het me gfrogt, wer sin im Wald die glücklichsten Ehlüt,
het me gseit: „der Simme=Fritz und 's Riedligers Tochter,"
und 's isch dem Eveli grothe mit gar verborgene Dinge.

Spinnet, Chinder, spinnet, und Jergli hol mer au Trieme!
Mengmol, wo der Fritz no bi den Eltere glebt het,
het en d'Muetter gno, und gfrogt mit biwegliche Worte:
„Hesch di no nit anderst bsunne? Gfalle der 's Meiers
„Matte no nit besser zue siner einzige Tochter?"
Und der Fritz het druf mit ernstliche Worten erwiedert:
„Nei, sie gfalle mer nit, und anderst b'sinni mi nümme.
„'s Riedligers suferi Tochter zue ihre Tugede gfallt mer." —
„D'Tugede loß den Engle! Mer sin iez no nit im Himmel!" —
„Lönt de Chüeihe 's Heu ab's Meiers grasige Matte!"
„D'Muetter isch e Hex!" — „Und soll au d'Muetter e Hex sy,
„Muetter hi und Muetter her, und 's Töchterli willi!" —
„'s Meidli soll's gwiß au scho tribe, d'Nochbere sage's." —
„Sel isch en alte Bricht, und dorum chani 's nit wende.
„Winkts mer, se mueß i cho, und heißt es mi näumis, so thuenis.
„Luegt's mer no gar in d'Augen, und chummi em nöcher an Buese,
„wirds mer, i weiß nit wie, und möchti sterbe vor Liebi.
„'s isch ke liebliger Gschöpf, aß so ne Herzli, wo iung isch." —

Näumis het d'Muetter gwüßt. Me seit, das Meideli seig gwiß
in sim zwölfte Johr e mol elleinig im Wald gsi,
und het Erberi g'suecht. Uf eimol hört es e Ruusche,
und wo's um si luegt, se stoht in goldige Hoore,
nummen en Ehle lang, e zierlig Frauweli vorem,
inneme schwarze Gwand und g'stickt mit goldene Blueme
und mit Edelgstei. „Gott grüeß di, Meideli!" seit's em,
„spring nit furt, und förch mi nit! I thue der kei Leidli."
's Eveli seit: „Gott dank der! und wenn du 's Erdmännli's Frau bisch,
„willi di nit förche!" — „Jo frili," seit es, „das bini. —
„Meideli, los und sag: chansch alli Sprüchli im Spruchbuech?" —
„Jo, i cha sie alli, und schöni Gibetli und Psalme." —

## Zweite Abtheilung.

„Meideli, los und sag: gohsch denn au flißig in d'Chilche?" —
„Alli Sunntig se thueni. I stand im vorderste Stüehli." —
„Meideli, los und sag: folgsch au, was 's Müetterli ha will?" —
„He, wills Gott der Her, und froget 's Müetterli selber!
„'s chennt ich wohl, i weiß es scho, und het mer scho viel gseit." —
„Meideli, was hesch g'seit? Bisch öbbe 's Riebligers Tochter?
„Wenn de mi Gotte bisch, se chumm au zu mer in d'Stube!"
Hinter der Brumberi-Horst gohts uf verschwiegene Pfade
tief dur d'Felsen i. Hätt 's Frauweli nit e Laternli
in der Linke treit, und 's Eveli sorgli am Arm g'füehrt,
's hätt der Weg nit g'funde. Jez goht e silberni Thür uf.
„O Her Jesis, wo bini? Frau Gotte, bini im Himmel?" —
„Nei doch, du närrisch Chind. In mi'm verborgene Stübli
„bisch bi diner Gotte. Sitz nieder und biß mer Gottwilche!
„Gell, das sin chospere Stei an mine glitzrige Wände?
„Gell, i ha glatti Tisch? Sie sin vom suferste Marsel.
„Und do die silberne Blatten, und do die goldene Teller!
„Chumm, iß Hunig-Schnitten und schöni gwundeni Strübli!
„Magsch us dem Chächeli Milch? Magsch Wi im christalene Becher?" —
„Nei, Frau Gotte, lieber Milch im Chächeli möchti."

Wones gesse het und trunke, seit em si Gotte:
„Chind, wenn d'flißig lehrsch, und folgsch, was 's Müetterli ha will,
„und chunnsch us der Schuel und gohsch zuem heilige Nachtmohl,
„willi der näumis schicke. Zeig, wie, was wär der am liebste?
„Wärs das Trögli voll Plunder? Wärs do das Rädli zuem Spinne?"
„Bald ischs Plunder verrisse. Frau Gotte, schenket mer's Rädli!"
„'s Rädli will gipunne ha. Nimm lieber 's Trögli voll Plunder!
„Siehsch die sideni Chappe mit goldene Düpflene gsprenglet?
„Siehsch das Halstuech nit mit siebefarbige Streife,
„und e neue Rock, und do die gwässerti Hoorschnuer?" —
„Jo, 's isch mer numme z'schön. Frau Gotte, schenket mer's Rädli!" —
„Willsch's, se sollichs au ha, und chunnts, je halt mers in Ehre!
„Wenn de 's in Ehre hesch, solls au an Plunder nit fehle,
„und an Segen und Glück. I weiß em verborgeni Chräfte.
„Sieder nimm das Rösli und trag mers sorglich im Bueje!
„aß denn au öbbis hesch von diner heimliche Gotte!
„Los, und verlier mers nit! Es bringt der Freuden und Gsundheit.
„Wärsch mer nit so lieb, i chönnt der io Silber und Gold ge."
Und iez het sie's gchüßt, und wieder usen in Wald gfüehrt:
„Bhüet di Gott, und halti wohl, und grüeß mer di Muetter!" —
So viel isch an der Sach, und deshalb het me ne nogseit,
d'Muetter seig e Her, und nit viel besser ihr Meidli.

Nu das Meideli isch mit si'm verborgene Blüemli
hübscher vo Tag zue Tag und alliwil lieblicher worde.

Und wo's us der Schuel mit andere Chindere cho isch,
und am Ostertag zuem Nachtmohl gangen und heim chunnt,
nei, se bhüetis Gott, was stoht im heitere Stübli?
's Rädli vo Birbaum=Holz, und an der Chunkle ne Riste
mitteme zierlige Band us rosiger Siden umwunde,
unte ne Letschli dra, und 's Gschirrli zuem Netze vo Silber,
und im Chrebs e Spüehli, und scho ne wengeli g'spunne.
D'Gotte het der Anfang gmacht mit eigene Hände.
Wie het mi Eveli gluegt! Was isch das Eveli gsprunge!
Gsangbuech weg und Meie weg und 's Rädli in b'Arm gno,
und het's g'chüßt und druckt. „O, liebi Frau Gotte, vergelt's Gott!"
's het nit z'Mittag gesse. Si hen doch e Hammen im Chöl gha.
's isch nit usen ins Grüen mit andere Chindere gwandlet,
gspunne hets mit Händ und Füeße; het em nit d'Muetter
's Rädli in Chaste gstellt, und gseit: „Gedenke des Sabaths!
„Isch nit Christus, der Her, hüt vo de Todte erstande?"
Nu di Rädli hesch. Doch Eveli, Eveli, weisch au
wie mes in Ehre haltet, und was d'Frau Gotte wird gmeint ha?
Frili weisch's, worum denn nit, und het sie 'm verheiße:
„Wenn de 's in Ehre hesch, soll au an Plunder nit fehle
„und am andere Sege," se het sie's g'halte wie's recht isch.
Het nit in churzer Zit der Weber e Tragete Garn gholt?
Hets nit alli Johr vom finste glichlige Fade
Tuech und Tuech uf d'Bleiche treit und Strängli zuem Färber?
He, me het io gseit, und wenns au dussen im Feld seig,
's Rädli spinn elleinig furt, und wie si der Fade
unten in d'Spuehle zieh', wachs' unterm rosige Bendel
d'Riste wieder no, — sell müeßt mer e chummligi Sach sy; —
und wer het im ganze Dorf die suferste Chleider
Sunntig und Werchtig treit, die reinlichsten Ermel am Hemb gha,
und die suferste Strümpf und alliwil freudigi Sinne?
's Frauweli im Felse=G'halt si liebligi Gotte.
Drum het 's Simme's Fritz, wo 's achtzeh' Summer erlebt het,
zue der Muetter gseit mit ernstlige Mine und Worte:
„Numme, 's Riedligers Tochter zue ihre Tugede gfallt mer."
Muetterherz isch bald verschreckt, zwor sottis nit sage.
Wo sie wieder e mol vo 's Meiers Tochter und Matte
ernstlig mittem redet, und wills mit Dräue probiere:
„'s git e chräftig Mittel", seit sie, „wenn de verhext bisch.
„Hemmer für's Riedligers g'huust? Di Vater setzt di ufs Pflichttheil
„und de hesch mi Sege nit, und schuldig bisch du dra." —
„Muetter," erwiedert der Simme, „soll euer Sege verscherzt sy,
„stand i vom Eveli ab, und gehri vom Vater ke Pflichttheil.
„Z'Stette sitzt e Werber, und wo men uffeme Berg stoht,
„lütet d'Türke=Glocke an allen Enden und Orte.

„Bluet um Bluet und Chopf um Chopf und Lebe um Lebe.
„Färbt mi Bluet e Türke=Säbel, schuldig sin ihr dra!"
Wo das d'Muetter hört, se sitzt sie nieder vor Schrecke:
„Du vermesse Chind, se nimm sie, wenn de sie ha witt;
„aber chumm mer nit go chlage, wenns der nit guet goht."
's isch nit nöthig gsi. Sie hen wie d'Engel im Himmel
mitenander g'lebt, und am verborgene Sege
vo der Gotte hets nit gfehlt im hüsliche Wese.
He, sie hen iv z'letzt vo's Meiers grasige Matte
selber die schönsti g'meiht, 's isch Alles endli an Stab cho,
und hen Freud erlebt an frumme Chinden und Enkle.
Thüent iez d'Räder weg, und Jergli, der Haspel ufs Chästli!
's isch anfange bunkel und Zit an anderi G'schäfte.

Und so hen sie's gmacht, und wo sie d'Räder uf d'Site
stellen, und wen go, und schüttle d'Agle vom Fürtüech,
seit no 's Vreneli: „So ne Gotte möchti wohl au ha,
„wo eim so ne Rad chönnt helfen und so ne Rösli."
Aber d'Muetter erwiedert: „'s chunnt uf kei Gotten, o Vreni,
„'s chunnt uf's Rädli nit a. Der Fliß bringt heimlige Sege,
„wenn de schaffe magisch. Und heisch nit 's Blüemli im Buese,
„wenn de züchtig lebsch und rein an Sinnen und Werke?
„Gang iez und hol Wasser und glitsch mer nit usen am Brunne!"

### Die glückliche Frau.

Erhalt mer Gott mi Friedli!
Wer het, wer het e brävere Ma,
und meld si eini, wenn sie cha!
Er sitzt so gern bi siner Frau,
und was mi freut, das freut en au;
und was er seit, und was er thuet,
es isch so lieblig und so guet.
Wie sieht er nit so gattig us
in sine Locke schwarz und chrus,
in sine Backe roth und gsund,
und mit de Gliedere stark und rund!
Und wenn mi näumis plogt und druckt,
und wenn e Weh im Herze zuckt,
und denk i wieder a mi Ma,
wie lacht mi wieder der Himmel a!
Erhalt mer Gott mi Friedli!

Erhalt mer Gott mi Güetli!
I ha ne Garte hinterem Hus,
und was i bruch, das holi drus;

am Feld in feister Fure schwankt
der Halm, an warme Berge hangt
der Trübel, und im chleine Hof
regiere Hüehner, Gäns und Schof.
Was bruchi, und was hani nit?
Frog was de weisch, lueg wo de witt!
Und wemme meint, 's well Mangel cho,
isch Gottes Sege vorem do;
und wenn der Fridli müed und still
vom Acker chunnt und z'Obe will,
se stoht mit Chümmich, rein und frisch,
e guete Ziger uffem Tisch.
Im grüene Chrüsli stoht der Wi,
i lueg en a, und schenk em i;
druf trinkt er und es schmeckt em guet,
und füllt em 's Herz mit Chraft und Mueth.
Erhalt mer Gott mi Güetli!

Erhalt mer Gott mi Stübli!
Es isch so heiter und so nett,
aß wenns e Engel zimmert het,
und puzt, aß wenns e Chilchli wär,
und wo me luegt, isch's nine leer.
Jo weger, und wenns blizt und chracht,
und wie mit Chüblen abe macht,
wenn usem Nebel füecht und chalt,
der Riesel an de Fenstere prallt,
und wenn no Wienecht chalt und roth
der Jenner uf de Berge stoht,
und dueftig an de Bäume hengt,
und Brucken übers Wasser sprengt,
und wenn der Sturmwind tobt und brüllt,
und's Dolder ab den Eichen trüllt,
isch's Stübli bheb, und warm und still,
turnier' der Sturm, so lang er will.
Erhalt mer Gott mi Stübli!

Doch will mer Gott mi Fridli neh,
und chani nit, und mueß en ge,
sollsch Chilchhof du mi Güetli sy,
und bauet mer e Stübli dri.
Erhalt mer Gott mi Fridli!

## Agatha,
an der Bahre des Pathen.

Chumm Agethli, und förcht der nit,
i merk scho, was de sage witt.
Chummi, b'schau di Götti no ne mol,
und brieg nit so, es isch em wohl.

Er lit so still und fründli do,
me meint, er los, und hör mi no,
er lächelt frei, o Jesis Gott,
as wenn er näumis sage wott.

Er het e schweri Chranket gha.
Er seit: „Es grüft mi nümmen a!
„Der Tod het iez mi Wunsch erfüllt
„und het mi hitzig Fieber gstillt."

Er het au menge Chummer gha.
Er seit: „Es ficht mi nümmen a,
„und wienes goht, und was es git,
„im Chilchhof niede höris nit."

Er het e böse Nochber gha.
Er seit: „J denk em nümme dra,
„und was em fehlt, das tröst en Gott
„und gebem au e sanfte Tod."

Er het au sini Fehler gha,
's macht nüt! Mer denke nümme dra.
Er seit: „J bi iez frei dervo,
„'s isch nie us bösem Herze cho."

Er schloft, und luegt di nümmen a,
und het so gern si Gotte gha.
Er seit: „Wills Gott, mer werde scho
„im Himmel wieder z'semme cho!"

Gang, Agethli, und denk mer dra!
De heisch e brave Götti g'ha.
Gang, Agethli, und halt di wohl!
Di Stündli schlacht der au ne mol.

---

## Das Gewitter.

Der Vogel schwankt so tief und still,
er weiß nit, woner ane will.
Es chunnt so schwarz, und chunnt so schwer,
und in de Lüfte hangt e Meer
voll Dunst und Wetter. Los, wie's schallt
am Blauen, und wie's wiederhallt.

In große Wirble fliegt der Staub
zum Himmel uf mit Halm und Laub,
und lueg mer dört sel Wülkli a!
J ha ke große G'falle dra;
lueg, wie mers usenander rupft,
wie üser eis, wenns Wulle zupft.

Se helfis Gott, und b'hüetis Gott!
Wie zuckts dur's G'wülch so füürigroth,
und 's chracht und toost, es isch e Grus,
aß d'Fenster zitteren und 's Hus.
Lueg's Büebli in der Waglen a!
Es schloft und nimmt si nüt drum a.

Sie lüte z'Schlienge druf und druf,
ie, und 's hört ebe doch nit uf.
Sel bruucht me gar, wenns dundre soll
und 's lütet eim no d'Ohre voll. —
O, helfis Gott! — es isch e Schlag!
Dört, siehst im Baum am Gartehag?

Lueg, 's Büebli schloft no allewil,
und us dem Dundre machts nit viel.
Es denkt: „Das ficht mi wenig a,
„er wird jo b'Auge binem ha."
Es schnüfelet, es dreiht si hott
ufs ander Oehrli. Gunn ders Gott!

O, siehsch die helle Streife dört?
O los! hesch nit das Raßle g'hört?
Es chunnt. Gott wellis gnädig sy!
Göhnt weidli, hänket d'Läden i!
's isch wieder akurat wie fern.
Gut Nacht, du schöni Weizen=Ern.

Es schettert uffem Chilche=Dach;
und vorem Hus, wie gäutschts im Bach!
Und 's loßt nit no — das Gott erbarm!
Jez simmer wieder alli arm. —
Zwor hemmer au scho gmeint, 's seig so,
und doch isch 's wieder besser cho.

Lueg, 's Büebli schloft no allewil,
und us dem Hagle machts nit viel!
Es denkt: „Vom Briegge loßt's nit no,
„er wird mi Theil scho übrig lo."
He io, 's het au, so lang i's ha,
zue rechter Zit si Sächli gha.

O gebis Gott e Chinderſinn!
's iſch große Troſt und Sege drinn.
Sie ſchlofe wohl und traue Gott,
wenn's Spieß und Nägel regne wott,
und er macht au ſi Sprüchli wohr,
mit ſinen Engeln in der G'fohr. —

Wo iſch das Wetter ane cho?
D'Sunn ſtoht am heitre Himmel do.
's iſch ſchier gar z'ſpot, doch grüeß di Gott!
„He," ſeit ſie, „nei, 's iſch no nit z'ſpot,
„es ſtoht no menge Halm im Bah',
„und menge Baum, und Oepfel dra." — .

Potz tauſig, 's Chind iſch au verwacht,
lueg, was es für e Schnüüfli macht!
Es lächelt, es weiß nüt dervo.
Siehſch, Friderli, wie's uſſieht do? —
Der Schelm het no ſi G'falle dra.
Gang, richt em eis ſi Päppli a! —

### Der Geiſt in der Neujahrsnacht.
#### 1808.

Tochter, ſuech e Strumpf, und ſtopfen do hinte ins Fenſter,
wo hütt 's Büebli mittem Stecke d'Scheibe verheit het.
G'ſchicht i im neue Johr kei größer Unglück, aß das iſch,
chönneter z'friede ſy. Doch weihts mer ſo froſtig in Aecke,
und i bi die letzti Nacht e wengeli z'jung gſi
für mi Alter, doch mit Zucht, und eimol iſch keimol.
Will mer Geiſter erblicke, und heiligi Sache erfahre,
mueß me, wenns Zwölfi ſchlacht, nit in de Federe liege.
Nu mer hen is verſpötet mit allerhand fründligi Gſpräche
z'Heiterſche an der Stros, und Uhr und Zeiger iſch gſtande.
d'Uhr het im alte Johr no welle ne wengeli Friſt geh,
oder han is verhört, — „Guet Nacht, ihr Nochbere," ſagi,
„mi Weg wird am witſchte ſy go Chrotzige," ſagi,
„gebis Gott e glücklich Johr und freudige Sinne!" —
„Das geb Gott der Her," ſo ſage die Andere, „und ſchick di,
„ſuſt trapiert di der Geiſt no näume, eb de deheim biſch,
„wo mit ſim Chind im Arm am lezte Dezember an d'Stros ſtoht;
„d'Poſtchnecht wiſſe's alli, und rite lieber e Feldweg." —
's iſch ſo cho, und znitts im Dorf, und woni ums Eck gang,
nebe 's Xaveris Huus, bim Blueſt, do ſtoht er am Brunne
gros bis faſt ans Dach und inneme duftige Mantel,

gwobe us Wulke und Liecht, und mitteme Bändel im Chnopfloch,
und het in de Arme und halber im Mantel verborge
wunderschön e Büebli gha mit fründligi Auge,
chüeßts und lächelts a us sine ernstliche Mine,
wie us nächtligem Gwülch der Vollmond lieblig in d'Welt luegt.
Siehsch mi nit, so thuesch mer nüt — so denki und weiß mi
mit em heilige Chrütz, und stell mi hinter de Brunnstock,
und will lose, was er seit, und wienerem zuespricht.
Wenig hani z'erst verstande; 's Wasser het bruuschet
us de Röhre in Trog, und us em Brunntrog ins Gräbli.
„Chilchhof" — hani verstande, und — „Nüt darf ewige Bstand ha." —
Und — „Jez gohsch in d'Welt mit bine Schmerze und Freude.
„Theil sie verständig us, und was i nimme cha schlichte,
„bring zuem guete End. Sie hen e freudige Herbst gha.
„Trinkt ein z'viel, und sitzt er lang im nächtliche Wirthshuus,
„gang, und bietem heim, und füehren, daß er kei Bei bricht!
„Nimm di der Armueth a, und sorg mer für Witwe und Waise,
„mach mer die Chranke gsund. — Die brave Soldate hani no
„mit Trumpete und Pauke und Ehren=Chränze ins Land gfüehrt.
„Loß du Freude und Tanz und Aepfelchüechli nit fehle,
„wenn sie im Urlaub sin deheim bi Vater und Muetter.
„Seig kei Fabelhans, und denk nit, wil e Kometstern
„duftig am Himmel hangt, so müeß isch Feldzueg und Schlachte,
„Hungersnoth und Sterbet bringe, Zetter und Elend.
„'s isch mi Ehrenstern. Siehsch nit mi Bändel im Chnopfloch?
„Roseroth isch Freud, und Grüen isch liebligi Hoffnig.
„Gang, verdien der au so ein mit dine Merite,
„und schmück Jung und Alt mit frumme Sitte und Thate!"
Drüber schnurrts im Thurn in alli Räder am Schlagwerk,
und wie's Zwölfi schlacht, so stellt er 's Büebli an Bode,
wie der Engel so schön, und wie der Morge so lieblig,
und seit: „das walt Gott! Jez gang uf eigene Füeße!
„Gieb mer frei wohl Acht zum güetige Fürste in Karlsrueh,
„zue de Friburger Herre, und zue de Landen im Brisgau,
„aß sie kei Leid erfahre, und bringene Freude und Gsundheit!"
Süeß, wie Sunneblick, het 's Büebli glächelt und Jo! gseit.
Aber mittem letzte Schlag im lueftige Chilchthurn
goht er in große Schritte 's Dorf us, und gegenem Rhi zue,
alliwil gschwinder und größer, und alliwil bleicher und dünner,
wiene Nebelduft am Feldberg oder am Belche.
Und wie nootno in der Mitternacht d'Glocke verbrummt het,
het si der Duft verzoge, und isch vergange und weg gsi.
Chunnsch bal mit em Strumpf? 's zieht alliwil schärfer und chüeler.
Wenni lang verzehl, stohsch lang do umme und gohsch nit.

---

Zweite Abtheilung.

## Die Hauensteiner Bauernhochzeit.

In Gegenwart der Frau Großherzogin Stephanie, auf einem Maskenballe
aufgeführt, im Dezember 1814.

Ein Schulmeister tritt auf mit den Hochzeitleuten und spricht:

An das Gefolge:

Jez stelletich! — du doher, hani gseit!
Und du dört mit dim große Dreispitz links!
Und neig si iedes, und betet li§li no!

An die Großherzogin:

Do bringi, liebi gnädigi Fürste-Frau,
ne ganzi Hochzit usem Hauestei
vo Herischwand.  Vor vierzeh' Johre hen
sie alle 's A, B, C no bi mer g'lert
und treui Fürsteliebe. — Der do het
scho in der Schuel gern 's Marianli gseh,
und Töpli g'hobe für 's. Drum, d'Liebe het
kei Zit. Jez endli vor Micheli-Tag
hen's d'Väter usg'macht. — Loset, hani gseit,
lönts mittem Chilchgang, mittem Freudesprung
no Zit ha bis zuem heilige Stephanstag!
Mer göhn go Carlisrueh! Wer weiß, es macht
der liebe Fürstin au ne chleini Freud.
Sie isch io au zue üs cho. — Großi Freud
isch 's gsi im Land. — O, gnädigi Fürste-Frau,
mer chönnes nie vergesse. D'Muetter seit's
im Chindli uffem Schooß, und 's Chindli lacht
und zuckt vor Freude. Dankich Gott der Her
für Eui Liebi, und was Euer Herz
erfreue mag, das gebich Gott! — 's erfreut
viel tausig tausig Herze. — Uiser eis
cha's nit so sagen, au ne Schuel-Her nit.
— 's isch viel g'seit. — Bring der lieb Gott gsund und froh
bald wieder üse Heren in sein Schloß,
und segne seine Kronen und sein Huus
auf späte Zit! — Sin Eui Chinder brav?
's gröst wird iez bald in d'Schuel go, denki wohl.
Erhalt Gott ihri Bäckeli frisch und roth,
und schenkene de Muetter chöstlig Herz
und bald e Brüederli. — Jez weihet au
mi Pärli do mit Euem liebe Blick,
und chömmet, wenn der Maie wieder grüent,
und Bluest zue neui Freude-Chränze bringt,
au wieder use! — 's g'rothe Frucht und Wi
nit, biß der wieder in der Nöchi sind —

und Sege bringet, wie im Johrgang Oelf.
's isch Sege, wo der sind. —
    An die Braut:
                    Jez, Marian,
Gang, gieb 's Papierli umme! Bis nit schüch!
(indem sie bereits vor der Großherzogin steht und sich von selbst neigt)
und neig di zimpfer! Zeig!

## Der Abendstern.

De bisch au wieder zitli do,
und lauffsch der Sunne weibli no,
du liebe, schöne Obestern!
Was gilts, de hättsch di Schmützli gern!
Es trippelt ihre Spure no,
und cha sie doch nit übercho.

Bo alle Sterne groß und chlei,
isch er der liebst und er ellei,
si Brüderli, der Morgestern,
sie het en nit ums halb so gern;
und wo sie wandlet us und i,
se meint sie, mueß er um sie sy.

Früeih, wenn sie hinterm Morgeroth
wohl ob dem Schwarzwald ufe goht,
sie füehrt ihr Büebli an der Hand,
sie zeigt em Berg und Strom und Land,
sie seit: „Thue g'mach, 's pressirt nit so!
„Di Gumpe wird der bald vergoh."

Er schwätzt und frogt sie das und deis,
sie git em B'richt, so guet sie's weiß.
Er seit: „O Muetter, lueg doch au,
„do unte glänzts im Morgethau
„so schön wie in di'm Himmelssaal!"
„He," seit sie, „drum isch's Wiesethal."

Sie frogt en: „Hesch bald Alles gseh?
„Jetzt gangi und wart nümme meh."
Druf springt er ihrer Hand dervo,
und mengem wiße Wülkli no;
doch, wenn er meint, icz han i di,
verschwunden isch's, weiß Gott, wohi.

Druf wie si Muetter höcher stoht,
und alsgmach gegenem Rhistrom goht,
je rüeft sie'm: „Chumm und fall nit do!"
Sie füehrt en fest am Händli no:
„De chönntsch verlösche, Handumcher,
„Nimm, was mers für e Chummer wär!"

Doch, wo sie überm Elsis stoht,
und alsgmach ehnen abe goht,
wird nootno 's Büebli müed und still,
's weiß nümme, was es mache will;
's will nümme goh, und will nit goh,
's frogt hundertmol: „Wie wit ischs no?"

Druf, wie sie ob de Berge stoht,
und tiefer sinkt ins Oberoth,
und er afange matt und müed
im rothe Schimmer d'Heimeth sieht,
se loßt er sie am Fürtuech goh,
und zottlet alsgmach hinte no.

In d'Heimeth wandle Herd und Hirt,
der Vogel sitzt, der Chäfer schwirrt;
und 's Heimli bettet dört und do
sie luten Obedjege scho.
Jez, denkt er, hani hochi Zit,
Gottlob und Dank, 's isch nümme wit.

Und sichtber, wiener nöcher chunnt,
umstrahlt sie au si Gsichtli rund.
Drum stoht si Muetter vorem Huus:
„Chumm, weidli chumm, du chleini Muus!"
Jez sinkt er freudig niederwärts —
iez ischs em wohl am Muetterherz.

Schlof wohl, du schöner Obestern!
's isch wohr, mer hen di alli gern.
Er luegt in d'Welt so lieb und guet,
und bschaut en eis mit schwerem Mueth,
und isch me müed, und het e Schmerz,
mit stillem Frieden füllt er 's Herz.

Die anderen im Strahleg'wand,
he, frili io, sin au scharmant.
O lueg, wie's flimmert wit und breit
in Lieb und Freud und Einigkeit!
's macht kein em andre 's Lebe schwer,
wenns doch donieden au so wär!

Es chunnt e chüele Obedluft
und an de Halme hangt der Duft.
Denkwol, mer göhn iez au alsgmach
im stille Frieden unter's Dach!
Gang, Liseli, zünd 's Aempli a,
mach kei so große Dochte bra!

### Der Sperling am Fenster.

Zeig, Chind! Wie het sel Spätzli gseit?
Weisch's nümme recht? Was luegsch mi a? —
's het gseit: „J bi der Vogt im Dorf,
„J mueß von Allem b'Vorles ha."

Und wo der Spötlig seit: „'s isch gnueg!"
Was thuet mi Spatz, wo d'Vorles het? —
„Er list am Bode d'Bröfli uf,
„Suft müest er hungerig in's Bett."

Und wo der Winter b'Felder deckt,
Was thuet mi Spatz in siner Noth?
Er pöpperlet am Fenster a,
Und bettlet um e Stückli Brod.

„Gang, gib em, Muetter! 's friert en just."
Zeig, sag mer z'erst, 's pressirt nit so,
Wie chunnts der mit dem Spätzli vor?
Meinsch nit, es chönnt eim au so goh?

Chind, wird's der wohl, und 's goht der guet,
Sag nit: i bi ne riche Her,
Und iß nit Brotis alli Tag!
's chönnt anderst werde, Handumchehr.

Iß nit den chrosplig Ranst vom Brod,
Und loß de weiche Brosme froh!
— De hesch's im Bruuch — es chunnt e Zit,
Und wenn de's hättsch, wie wärsch so froh!

Ne blaue Möntig währt nit lang,
Und d'Wuche het no mengi Stund,
Und mengi Wuche lauft dur's Dorf,
Bis Jedem au si lezte chunnt.

Und was men in si'm Früehlig lehrt,
me treit nit schwer, und het's e mol,
Und was men in si'm Summer spart,
Das chunnt eim in si'm Spötlig wohl.

Chind, denk mer dra, und halt di guet!
„O Muetter lueg! der Spatz will goh!"
Se gang er! Leng die Hirse dört,
Und sträu'em! Er wird wieder cho!

### An C. L.,
die Verfasserin eines allemannischen Gedichtes: die Biene.

Wer so ne Liedli mache cha,
Mueß selber schier en Immli sy.
Es leit so zarti Zellen a,
Und treit so reine Hunig dri.
Nei, in der Stube chunnts eim nit,
Und in de Büchere lehrt mers nit.

Wo's Immli sini Stiefel chauft,
Im Blueme-Schoß si Chöpfli tauft,
Dört findt me so scharmanti Sache,
Und so ne Gmüethli zart und guet,
E frumme Sinn, e frohe Mueth,
Cha's au zuem nette Liedli mache.

### Die Häfnet-Jungfrau.

Vetter, wo simmer doch echterst? Bald glaubi, mer seige verirret.
's schlacht kei Uhr, me hört ke Guhl; es lütet ke Glocke;
wo me lost und wo me luegt, se sind me ke Fueßtritt.
Chömmet do das Wegli ab! Es isch mer, mer seige
nümme wit vom Häfnet-Bugg. Sust grusets mer, wenni
drüber mueß; iez wäri froh. Der Sunne no möcht es
schier gar Zehni sy. Sel wär kei Fehler, mer chäme
alliwil no zitli gnueg go Steine bis Mittag. —
Geltet, was hani gseit! Gottlob, do simmer am Häfnet,
und iez weißi Weg und Steg. Der hent doch au betet
hütte früeih, wills Gott, und hentich gwäschen und b'Hoor gstrehlt
mittem Richter? Mengmol müen au b'Finger der Dienst thue,
und der sehnt mer schier so us. Je, Vetter, i warnich,
wenmer bim Brunne sind, me würdich wäschen und strehle.
's stoht im Wiesethal und in den einseme Matte
no ne Huus, me seit em numme 's Steinemer-Schlößli.
's thuet de Hamberchs-Lüten, und 's thuet de Buure, wo gefrohnt hen,
bis es gstanden isch mit sine Stapflen am Giebel,
auch kei Zahn meh weh. Doch liege sie rüeihig im Bode,
d'Häfnet-Jumpfere nit, wo vor undenkliche Zite
in dem Schlößli g'huset het mit Vater und Muetter.
's isch e Zwingher gsi, und 's het des Frohnes kei End g'ha,

bald uſs Tribe, bald zuem Bauen ober an Acker,
z'Nacht zum Hüeten ins Feld, und het der Zwingher und d'Zwingfrau
nüt meh gwüeßt, iſch b'Tochter cho, ne zimpferig Dingli,
mitteme Zucker=Gſicht und marzipanene Hälsli.
Bald het ein go Baſel müeßen ober no witers
Salbe hole, das und deis zuem Wäſchen und Strehle,
Schueh mit gſtickte Bluemen und choiperi goldeni Chappe
mit Chramanzlete drum und ſibeni Hentſchen und Bendel.
Meinet der denn, ſie wär e mol go Steine in b'Chilche
uffem Bobe gange mit ihre papierene Schuehne?
Oerliger, bim Blueſt, vom thüürſte, wo me cha fiude,
hen ſie müeße ſpreite vom Schlößli bis füren an Steine
und burs Dorf an b'Chilchhofthür und übere Chilchhof,
und am Möntig wäſchen.  Am nächſte Samſtig het Alles
müeße ſufer ſy, wie neu vom Weber und Walker.
's iſch emol e alte Ma, 's heig Niemes ſi Heimeth
wüſſe welle, neben an dem Oerliger=Fueßweg
gſtanden an der Chilchhofthüre.  „Loſet, i warnich
„Jumpferli,“ heig er gſeit, „'s iſch mit dem Plätzli nit z'ſpaſſe.
„Goht me ſo in b'Chilchen und über die graſige Gräber?
„Wie heißts in der Bibel? Der werdets iemerſt nit wüſſe:
„Erde ſollſt du werden, aus Erde biſt du genommen.
„Jumpfere, i förch, i förch!“ — Druf ſeig er verſchwunde.
Sel mol uf Oerliger=Tuech in b'Chilche gangen und nümme!
Nei, 's mueß Flanell her am nächſte Sunntig mit rothe
Bendle rechts und links und unten und obe verbenblet.
O, wie mengmol hen doch b'Lüt im Stille der Wunſch gha:
„Nähm di numme ne Ma im Elſis ober im Brisgau,
„ober wo der Pfeffer wachſt! Es ſott der io gunnt ſy.“
Aber 's het ſie Niemes möge.  D'Muetter iſch gſtorbe,
der Vater au, ſie liege nebenenander,
und 's chunnt z'letzt e Gang, wo 's Töchterli füren in Chilchhof
au ke Flanell bruucht und eineweg b'Schühli nit wüeſt macht.
Hen ſie nit im Todtebaum vier Richter ins Grab treit?
's ſeig nit brieggget worde.  Ne Vater unſer hen frilig
alli betet, und gſeit: „Gott geb der ewige Friede!“
Drum der Tod ſöhnt Alles us, wenns numme nit z'ſpot wär.
Aber der alt Ma ſeig eismol wieder am Chilchhof
gſtanden und heig gſeit mit ſchwere bibütſeme Worte:
„Heſch nie das Plätzli birührt, ſo ſoll di das Plätzli nit tole.
„Wo du ane g'hörſch, weiß numme 's Geitligers Laubi.“
's iſch ſo cho.  Der ander Morge, women ins Feld goht,
ſtoht der Todtebaum vor uſſe nebe der Chilchmuur.
Wer verbei iſch, het en gſeh, und 's heißt no bernebe,
's ſeige Grappe gnueg druf gſeſſen und heigen am Tuech pickt;

wie mes macht; wenn näumis isch, se lüegt me no meh dra.
Je, me hets wieder probiert, me het sie no tiefer vergrabe,
an en andere Platz. 's het alles nit ghulfen und battet.
Endli seit der Vogt: „Me müen go 's Geitligers Laubi
„froge, wo sie ane ghört." Me rüstet e Wage,
wettet d'Stieren i, und leit der Todtebaum use.
„Laufet, wo der went!" Sie hen si nit zweimol lo heiße.
Uf und furt zuem Häfnet-Bugg. Dört blibe sie b'hange,
z'allernöchst am Brunne (der müssets) womer verbei sin.
In dem Brunne sitzt sie. Doch stigt sie an sunnige Tage
mengmol usen ans Land, strehlt in de goldige Hoore,
und wenn Räumer chunnt, wo selle Morge nit betet
oder d'Hoor nit gstrehlt, und wo si nit gwäschen und putzt het,
oder junge Bäum verderbt und Andere 's Holz stiehlt,
seit me: sie nehm en in d'Arm, und ziehn en aben in Brunne.
Vetter, i glaub sel nit. Me seit so wege de Chinde,
aß sie süferli werden und niene näumis verderbe.
Vetter, wär es so gföhrli, bim Bluest, euch hätt sie in d'Arm gno,
wo mer neben abe sin, und gwäschen im Brunne,
und au wieder gstrehlt e mol. — Nei, loset, was höri?
's lütet z'Steine Mittag. Bal simmer dussen im Freie.
D'Zit wird eim doch churz im Laufe, wemmen au näumis
mitenander z'rede weiß und näumis z'erzähle.
Seigs denn au nit wohr, es isch nit besser, wenns wohr isch.
Sehnt der iez dört 's Schlößli mit sinen eckige Giebel?
Und das Dorf isch Steine. Do füre zieht si der Chilchweg.

---

## An den Rechnungsrath Gyßer.

Wie? was sagetder, aß der seiget, in Eure Epistle?
Schatzigbleger*)? Nei, was mueß me für Sachen erlebe?
Hender d'Schatzig b'leit, Her Gyßer? Jesis, gent Achtig,
wenn sie iünglet, wie 's ich goht! Das chönnemer bruuche.
Was het selle gseit, wo g'hört het, d'Sunne heig g'wibet?
's stoht ins Vetters Fable. Er het mit schrundige Hände
in de Hoore g'chrazt. „I mein, sie mach eim elleinig
„heiß gnueg," het er gseit, „mit ihrem dunstigen Othem,
„und trinkt alli Brunnen us; 's würd susere Arbet
„werde, wenn sie Jungi het, und hinter de Berge
„wie ne Gluckere füre chunnt mit Siebe und Achte."

---

*) Antwort auf ein Schreiben desselben, in welchem er sich als: „Schatzigbleger"
(Schatzungs-Beleger) unterschrieben hatte. Er war nämlich mit der Schatzungs-
renovation des Ober-Amts Badenweiler betraut.

Lueget, so wirds goh, wenn b'Schaßig Bueben und Meidli
überchunnt und lebig bhaltet, g'fräßige Chinder,
's wird nit z'bschribe sy, was für e Lamento ins Land chunnt.
  Vetter Gyßer loset, der hent doch b'sundere Jeste!
Jo i mueß es sage, und wenns mi gnädige Landsher
über churz und lang erfahrt, und henktich der Brodchorb
höcher, wie der selber förchet, nimmts mi nit Wunder.
Jschs ich öbbe, wil der Moler*) z'Mülle ne weg chunnt,
gumperig, und meinet, iez lueg ich Niemes uf b'Jse?
Hen der gmeint, io wohl! Sie hen scho wieder en Andre
in der Machi, und er würd ich b'Zeche verlese.
Wie het Rehabeam gseit? „Mein Finger," seit er, „soll schwerer
„sein, als meines Vaters Arm." Der werdets erfahre!
Sust e brave Her, und gschickt, er schribt si vo Spir her
ehnen am breite Rhi, wo iez der Premie=Consul
b'Schaßig bleit, und 's Volch regiert mit bluetige Hände.

  Vetter Gyßer, 's fallt mer i, isch nit wohr, mer hen doch
mengerlei Heren im Land vo allen Enden und Orte,
und mir sin no als die bräbste? Hättemer numme
näumis glehrt! Wer hätte doch so ordli der Zit gha.
Aber iez isch z'spot! Und mengmol wenn mini Schüeler
mehr verstöhn aß ich, und froge mi spißigi Sache,
woni selber nit weiß, se sagi: „Loset, der müent ein
„nit gli z'Schande mache! 's isch almig nit gsy, wies iez isch,
„mittem Lehre, und me het iust d'Glegeheit nit gha.
„B'haltets binich, was der müsset! Wendets im stille
„a, und werdet brab, und saget, der heigets bi mir glehrt,
„aß i au no Ehr erleb, und dankbari Zite!"

  Vetter Gyßer, hent der Buebe, soll ein e Pfarer
werde, hani nüt derwider. Rüeihig verlebt er
sini Stunden uffem Land. Ne freudige Wechsel
zwischen Arbet und Rueih, und zwische Studieren und Martsche,
zwischen Essen und Verdaue flicht si dur 's Lebe.
Ob em hangt der Himmel voll Sunne, Sternen und Gige;
unter em der Boden, er treit em furchtbere Zehnte.'
Uf de Matte weide b'Thüeih, ihm trage sie b'Milch zue;
an de Berge grase b'Schof, ihm chrüslet si b'Wulle;
in den Eichle chnarflet b'Sau, ihm leit sie der Speck a.
Färlet näume ne Mohr, het au der Pfarer si Säuli.
Meint der Fürst, er heig si Sach an Zinsen und Gfälle,
mueß er mittem Pfarer theilen oder Proceß ha.

---

*) Geheimer Hofrath Maler, damals Oberamtmann in Müllheim.

Drum, Her Gyßer! was i sag, und wenn ein e Pfarer
werde will, und wenn e schöni mannberi Tochter
no nem Vikari luegt, und er luegt wieder no ihre,
und sie wechsle mitenander fründligi Rede,
löhnt sie mache, sagi. Doch vorem leidige Schuelstaub
soll der Himmel euer Chind in Gnade biwahre.

Aber mi Red nit z'vergessen, und euri Festen und Rime,
io, i ha sie übercho; sie hemmer e Freud gmacht,
bsunders selli Frau. Wie tschs ere endli no gange?
Isch sie wieder z'Chräfte cho? I möchtere's gunne.
Oder het sie g'endet, und trinkt in blaue Reviere
Steneluft und Himmelsthau, und mutteret nümme?
Helfis Gott! Mer werde au no 's Bündeli mache,
und ins himmlisch Canaan der Weg unter d'Füeß neh!
's seig e gangbari Stroß, sie gang gwiß übere Chilchhof.

Sieder wemmer leben, und 's Lebe freudig verbruuche,
Trübli esse, Neue trinke, Chestene brote.
Vetter Gyßer, chunnt deim Buur si sunnige Rebberg
mit der Zit an Stab, se bietet für mi. Es chunnt mer
nit uf näumis a, und d'Morgesunnen isch viel werth.
Luegt, iez mueßi in d'Schuel, sust wotti no allerlei jage.
B'hüetich Gott! Vergelts Gott au! Und chömmet bal wieder.

---

### Der Schwarzwälder im Breisgau.

Z'Müllen an der Post,
Tausigsappermost!
Trinkt me nit e guete Wi!
Goht er nit wie Baumöl i,
z'Müllen an der Post!

Z'Bürglen uf der Höh,
nei, was cha me seh!
O, wie wechsle Berg und Thal,
Land und Wasser überal,
z'Bürglen uf der Höh!

Z'Stauffen uffem Märt
hen sie, was me gehrt,
Tanz und Wi und Lustberkeit,
was eim numme 's Herz erfreut,
z'Stauffen uffem Märt!

Z'Friberg in der Stadt,
sufer ischs und glatt,
riche Here, Geld und Guet,
Jumpfere wie Milch und Bluet,
z'Friberg in der Stadt.
Woni gang und stand,
wärs e lustig Land.
Aber zeig mer, was de witt,
numme näumis findi nit
in dem schöne Land.
Minen Auge gfallt
Herischried im Wald.
Woni gang, se denki dra,
's chunnt mer nit uf b'Gegnig a
z'Herischried im Wald.
Imme chleine Hus
wandlet i und us —
gelt, de meinsch, i sag der, wer?
's isch e Sie, es isch kei Er,
imme chleine Hus.

### Der allezeit vergnügte Tabakraucher.

#### Im Frühling.
's Bäumli blüeiht, und 's Brünnli springt.
Potz tausig los, wie 's Vögeli singt!
Me het si Freud und frohe Mueth,
und 's Pfifli, nei, wie schmeckt's so guet!

#### Im Sommer.
Volli Aehri, wo me goht,
Bäum voll Aepfel, wo me stoht!
Und es isch e Hitz und Glueth.
Eineweg schmeckt 's Pfifli guet.

#### Im Herbst.
Chönnt denn b'Welt no besser sy?
Mit si'm Trübel, mit si'm Wi
stärkt der Herbst mi lustig Bluet,
und mi Pfifli schmeckt so guet.

#### Im Winter.
Winterszit, schöni Zit!
Schnee uf alli Berge lit,
uffem Dach und uffem Huet.
Justement schmeckt's Pfifli guet.

## Auf den Tod eines Zechers.

Do hen sie mer e Ma vergrabe.
's isch schad für sini bsundre Gabe.
Gang, wo de witt, suech no so ein!
Sel isch verbei, de findsch mer kein.

Er isch e Himmelsg'lehrte gsi.
In alle Dörfere her und hi
je het er gluegt vo Hus zue Hus:
hangt nienen echt e Sternen us?

Er isch e freche Ritter gsi.
In alle Dörfere her und hi
je het er g'frogt enanderno:
„sin Leuen oder Bäre do?"

E guete Christ sel isch er gsi.
In alle Dörfere her und hi
je het er untertags und z'Nacht
zuem Chrüez si stille Buessgang g'macht.

Si Namen isch in Stadt und Land
bi grosse Here wohl bikannt.
Si allerliebsti Cumpanie
sin alliwil d'brei Künig gsi,
Sez schloft er und weiss nüt dervo,
es chunnt e Zit, gohts Alle so.

## Des rheinländischen Hausfreundes Danksagung an Pfarrer Jäck in Tryberg.*)

Zeig wie, Her Peter! Wenn der 's Gläsli schmeckt,
voll Chirsiwasser, und der Chueche dri,
und 's Lied vo Triberg vom Her Pfarer Jäck,
weisch nit, was schön isch? Git men eim nit d'Hand,
zieht 's Chäpli ab und seit: Vergelts ich Gott!
Du nit? Und trinksch, ass wenn di eigene Baum
die Chirsi treit hätt? Und be hesch doch kein.

's isch wohr, Her Jäck, i ha kei eigene Baum,
i ha kei Huus, i ha kei Schof im Stal,
kei Pflueg im Feld, kei Immestand im Hof,
kei Chatz, kei Hüenli, mengmol au kei Geld.
's macht nüt, 's isch doch im ganze Dorf kei Buur

---
*) Welcher ihm drei Krüge Kirschwasser und Kuchen mit einer herzlichen Epistel in allemannischer Sprache geschickt hatte.

so rich, aß ich. Der müsset wie me's macht.
Me meint, me heigs. So meini au, i heigs
im süeße Wahn, und wo ne Bäumli blüeiht,
's isch mi, und wone Feld voll Aehri schwankt,
's isch au mi; wone Säuli Eichle frißt,
es frißt sie us mi'm Wald.
 So bini rich. Doch richer bini no
im Heuet, in der Erndt, im frohe Herbst.
I sag: Jez chömmet Lüt, wer will und mag,
und heuet, schnidet, hauet Trübli ab!
I ha mi Freud an Allem gha, mi Herz
an allen Düften, aller Schöni g'labt.
Was übrig isch, isch euer. Tragets heim!

 Her Jäck, mir isch, der schüttlet eue Chopf,
und saget fürich selber: „Guete Fründ,
„so lebt men im Schlaraffeland." He io,
so lebi im Schlaraffeland, 's isch wohr.
Treit nit meng Immli süeße Hunig heim
um Triberg? Hangt nit menge Chirsibaum
voll schwarzi Chinder? Mir do niede fliegt
der Chuechen und der Chirsiwasser-Chrueg,
und drei für ein zum Fenster i. Do trink!
Und lueg do fliegt e Blatt, 's isch schwarz uf wiiß.

 Her Jäck, viel Süeßi wohnt im Bluemechelch,
viel Gwürz im brune Chirsichern, 's isch wohr.
Doch was im frumme Menscheherz erspießt,
und ufgoht, und in schöne Liedere blüeiht,
wie euer Lied, goht übers Zuckerbrod
und Zimmetgeist. Das treit kei Immli heim,
das distellirt der Summer an keim Baum,
drum dank ich Gott für alles Liebs und Guts.
Drum dank ich Gott für euer dreifach G'schenk,
und gebich Sunneschin un frohi Zit.
Der sehnt, i dank mit Chapeziner-Dank,
mit Segen und Papier. — —

---

### Epistel an den Pfarrer Güntert zu Weil.*)

Vetter Vogt! Der Bammert (i mueß ichs chlage) wird tägli
liederlicher, füler, versoffener; 's isch nümme z'lebe,

---

*) Seinen Freund Güntert nannte Hebel während seines Aufenthalts in Lörrach im Scherze gewöhnlich Vogt, sich selbst — Stabhalter, einen andern Freund Bammert, d. i. Bannwart, Feldhüter.

's isch nümme z'gschirre mit em; 's hilft weder strofe, no Zuespruch.
Loset, wiener mers macht! 's isch weg'neme Tubakpfifli,
weg'neme tusignette Pfifli; 's het mi sex Gulde
chost und ungradi Chrützer, no ohni 's Bschläg dra, und ohni
's Chetemli dra; just seit mer der Gattig Pfiflene Meerschum.
Wiiß sin si, wie Chlabaster, und weich wie Anke, und wie ne
Fliegeschißli so licht, wenn eim e Fliege 'n uff d'Hand ...
Raucht me'n us so me Pfifli, se wirds wie länger wie schöner:
z'erst wirds grüen am Bschläg, aß wie der libhaftig Grünspon,
alliwil witer abe, und alliwil grüener und dunkler,
bis es schwarz isch wie d'Nacht; doch brun wirds gegenem Chopf zue;
und der Chopf blibt wiß; 's isch nüt nuß, wenn er nit wiß blibt.
Aber so e Pfifli isch wie e schaallos Eili,
wie e Sexmonetchindli (doch nit der Landvögti ihres),
wo me's arührt, thuets em weh; im Augeblick het es
Moose, Chrißli, Löchli; me darf nit herzhaft dra chuche.
Het ein e Ruusch, se will i'm nit rothe us so me Pfifli
z'rauche, 's Pfifli wär hih! und überhaupt, wenn ein voll isch,
soll er 's rauche lo si; me het bitrübti Exempel,
's goht mit em z'underst und z'öberst, der Bode will unter em breche,
d'Brucke schwanke, d'Berg biwege si, d'Lüt sicht er dopplet,
schweßt mit em selber — armsdicke Wort, — si schieße kem Pfarer
so vo de Lippe; der Ziehzero z'Rohm isch numme e Naar gsi.
Aber wider zuem Pfifli. Wenn so e Pfifli versaut isch,
lueget, se cha me's buße, und wenn's so rueßig und schwarz isch,
wie der Michel mit vierzeh Striche, wirds ich doch wider
wie der g'falle Schnee, me glaubts nit, wemmes nit gseh het.
Schabe cha me's, und wenns so rublig wie's Here Faktore
Jokeb Friderli wär, se wird's ich so glatt und so glänzig,
's Suffilis Bäckli chönne nit glänziger, chönne nit glätter
si, — und wenn so e Pfifli recht g'schlacht soll blibe, se nimmt me
näumen e Tüpfi, wo no ke Eierenanke isch drin gsi,
loßt im Tüpfi Wax vergoh, wie finer, wie besser,
und chocht 's Pfifli im Wax; 's isch aber e bsundere Vortel,
's cha's nit iedwede Chue! der werdets selber nit chönne!
Usem Fundement verstohts der Bammert, und sider
aß er d'Feldhuet verlore, und keini Einig meh z'zieh het,
puzt er Pfifli. Der Burscht het sust schier nüt meh z'verdiene,
's Stunde rüffe treit nit viel i; zwor brüelt er enzelzi,
er, und d'Chaße, und d'Güehl, und 's Wirths fuelärtige Hofhund
hen e Gragöl mitenander; der Mond am Himmel wird schüüch drob.
d'Hexe bsegne si selber im rueßige Chämi und bette:
„das walt Gott, und b'hüetis Gott!" — So grüseli brüelt er.
Aber brüele und suufe isch zweierlei. Gsoffe mueß doch si!
Und wie ärger er brüelt, wie ärger suuft er, bis d'Sterne

nootno verbleiche am graue Himmel, und enen am Turnberg
lisli der Morge verwacht; und was er mit Brüele verdient het,
het er vor Tag scho versoffe. Bo was iez lebe? Der Tag will
au si Sach, und der Bammert isch ken vo dene, wo 's Esse
obem Trinke vergessen, er frißt ich mit Vieren um d'Wetti,
wenn ers het, seigs Ches, seigs Brotis, Tübli und Strübli.
Aber so e Lebe choft Geld in iezige Zite!
D'Noth lert bette, b'Noth lert schaffe, d'Noth lert de Bammert
Pfifli puze. Es treit zwor wenig i, doch ischs so viel.
Loset iez, wie er mers macht! Mi Pfifli isch rublig, — i gib em's.
Vor zwölf Wuche, 's het no gschneit, 's het no ke Blüemli
's Chöpfli zeigt, se gib i'm mi Pfifli, und sagem: „Do hent er's!
„Schabet's, siedet's, puzet's; gent Achtig druf — 's chostet sex Gulde,
„ohni 's Bschläg dra, und ohni 's Chetemli. Bringet's bald wider!
„Wenns der's ordeli puzet, und zitli bringet, so hilf i ich
„wider zue enem Aemtli, und zahl ich extra zwo Halbi."
Sot's der Bursch nit thue? Was macht er? Er nimmt mer mi Pfifli.
„Jo, i will ich's puze und ordeli wider bringe!" —
Sellemols gseh, und nümme! J frog' en, wo i'm de Chopf sieh:
„Bammert, hen der mer's Pfifli?" — „J blos ich ufs Pfifli," isch
 d'Antwort.
„Hent er's verlore?" — „Nei!" — „Se hen ders versoffe, bikennets!"
„Nei i ha's nit versoffe!" — „Se bringet's!" — „Morn will i's bringe."
Lueget, so trib is vo Faßnecht bis Oftre, vo Oftre bis Pfingfte.
Wer mer's Pfifli nit bringt, das isch der liederlich Bammert.
Vetter Vogt! Drum meint i, der chönntet mer öppe do bi stoh!
Wenn der e scharpfe Bifehl im Bammert schicktet; der wüsset,
wie me mittem mueß rede! so dütli: „'s Dunder und 's Wetter
„fahr ich in Chrage denn au! Dir dunderschießige Chezer!
„Het der Her Stabhalter si tusig schön Pfifli für euch gchauft?
„'s Pfifli use! bi Gott! just müenter sechs Wuche ins Hüüsli.
„Dixi! Güntert Vogt." — — Was gilts, er loßt's nit druf a cho!
Thüent mer der Gfalle, Her Vogt! — Der neu Vikari vo Lörech
bringt ich d'Vollete, ne brave Her, und gmei mitte Lüte.
Sust sin die iunge Burst mengmol e wenig phatestig,
meine sie heigen ellei mit Löffle b'Glersamkeit gfresse.
Aber der neu Vikari isch kei vo dene. Er predigt
Gottes Wort, wie's si ghört, und füehrt e chriftliche Wandel,
het e tröftlige Zuespruch, und wenn er d'Bibel vom Schaft langt,
hexefrisirt er eim d'Sprüch so dütli, aß es e Freud isch.
Drum erwiset em Ehr — i will ihn grekhumedirt ha!
                                                Stabhalter.

## An eine Freundin,
bei Uebersendung einer Anzahl Räthsel und Charaden.

Nehmet das denn au,
liebi, frummi Frau!
's grothet just nit eins wie's ander,
Chorn und Spreu isch unterenander.
Leset 's Fürnehmst us,
's isch, cha sy, ne Fund;
's ander strichet us.
Gott erhalt ich gsund,
und Gott schenk ich alliwil
liebi süeßi Freude viel.

---

## Dem aufrichtigen und wohlerfahrenen Schweizerboten an seinem Hochzeittage.

I ha 's io g'seit, und 's isch so cho!
Was hani g'seit? 's werd nit lang goh,
se bringt der Bott vom Schwizerland
es Brütli an der weiche Hand,
es lieblig Brütli mittem Chranz,
zuem Chilgang und zuem Hochzit=Tanz.

's isch frili wohr, und so ne Ma,
es Fraueli, das mueß er ha.
Früeih, wenn er mittem Morgeroth
uf d'Stroß go Brugg und Basel goht,
wer nimmt en z'erst no lieb und warm,
zuem B'hüetdigott und Chuß, in Arm?

Und wenn er mittem Obedstern
in d'Heimet chunnt, was hätt er gern?
's sött näumis an der Huusthür stoh,
es sött em lieb eggege cho,
und fründli säge: „Grüeß di Gott,
„du liebe Ma und Schwizerbott!"

Und säge sött's em: „Liebe Ma,
„chumm weidli, leg d'Pantofflen a,
„und 's Tschöpli! Ussem Tischtuech stoht
„di's Süppli scho vo wißem Brod.
„Chumm, liebi Seel, und iß iez z'Nacht!
„Und 's Bettli isch de au scho g'macht."

Das weiß er wohl mi Schwizerbott,
's isch nit, as wenni'm 's säge wott.

Drum het er au am lange Rhi
und Canton us und Canton i
meng Meidschi scharf in d'Auge g'no,
öb nit bald wöll die rechti cho.

Und Canton us und Canton i,
bald an der Limmeth, bald am Rhi,
wohl het er bravi Meidsch'ne gseh,
wie's Rösli roth, wiiß wie der Schnee,
so tusigschön und guet und froh.
Die rechti het nit wölle cho.

's macht nüt. Mi liebe Schwizerbott
het gseit: „I find sie doch, wills Gott!"
I glaub es schier, Her Bottema!
Längst heit er's in der Nöchi gha.
Thüent d'Augen uf! Bim Saferlot,
sie chunnt nit selbst. Verzeih mers Gott!

Jez het er sie, und isch er froh,
der Landamma ischs gwüs nit so. —
Gieb, was de heisch, biet, was de witt,
er tuuschte mit dem Kaiser nit.
Er lueget nu si's Brütli a:
„Jez bisch mi Wib und i di Ma!"

I säg es frei, und säg es lut:
Her Schwizerbott mit euer Brut,
Gott guntig wol e bravi Frau,
und wie's euch freut, so freuts üs au,
und geb' ich Gott denn alliwil
der liebe neue Freude viel.

Denk, wenn's no einist g'wintert het,
was streckt si do im chline Bett,
und lächlet lieb? Mi Bottema
er luegt si goldig Büebli a.
Er lengt e süeße Zuckerring:
„Lueg, was i der vo Aarau bring!"

Nu flink dur's Land, Her Bottema,
mit euer Taschen uf und a,
und bringet, wie mer's g'wohnet sin,
viel schöne B'richt und Lehre drin.
An Zuckerbrod und Marzipa
für b'Chindli solls nit Mangel ha.

## Zu einer Bittschrift.
(Gelegenheitsgedicht.)

'Ne Meideli usem Oberland
chunnt zuen'ich her und chüßt ich d'Hand.
Der sind io so ne brave Her.
J wüßt io kein, wo lieber wär.

's chunnt mengen usem Oberland
und het e Bittschrift in der Hand,
und Euer Gmüeth, wenns helfe cha,
sen isch er ein versorgte Ma.

Drum bringi au mi Bitte dar.
Mer singe gern, mir iungi Waar.
— D'Welt luegt is no so lustig a,
mer hen io no kei Chummer g'ha —

Und spielte gern Clavier derzue
wie d'Jumpfere von Carlsruh,
doch sel isch d'Chunst — i ha io keis —
o sind so guet und gent mer eis!

Es isch e Mengs, wo singt und lacht,
und Jhr hends froh und glücklich gmacht —
do stoht so eins — und dankts ich viel,
het Vatergüeti doch kei Ziel.

---

## Der Ehrentag Carl Friederichs, Markgrafen zu Baden,
nach Aufhebung der Leibeigenschaft, den 23. Juli 1783, gefeiert im Oberlund.

J ha scho menge Sturm und Schnee,
i ha scho menge Frühlig gseh,
und Chrieg und Elend überal
im Rebland und im Wiesethal.
An so ne Zit, wo alles singt
und Jung und Alt in Freude springt,
an so ne Tag, wie Gott ein schenkt,
an so ne Freud het niemes denkt.

O wär er do, o chönnt er's seh,
der liebe Fürst, Gott het en ge!
Er isch so gnädig, isch so gut,
's wird Wohlthat, was er denkt und thut.
„Du Gott im Himmel sei sein Lohn,
„und schirme seinen Fürstenthron."

Siehsch, Friederli, sel Engelsbild!
Wie luegts ein a so lieb und mild!
Es isch di Fürst, wo sorgt und wacht,
er het is alle glücklich g'macht.
Das lohnt em Gott, und uf si Hus
gießt Gott si Huld und Segen us.

O Chind, de bisch no iung und zart,
und wenn di Lebe Gott biwahrt,
und bisch emol di'm Vater glich,
so wohnt di Fürst im Himmelrich,
und andere Zite chömme no.
Doch blibt si Geist und Liebe do,
und tröstet wieder treu und mild,
und segnet in sim Ebebild.

In demselben Verlage sind ferner erschienen:

# Classiker-Ausgaben.

## A. Illustrirte Gesammt-Ausgaben.

**Goethes Werke.** Erste illustrirte Ausgabe. Mit Einleitungen von G. Wendt und E. Hermann. Vierte vermehrte und verbesserte Auflage.
— — Ausgabe in 20 Bänden. 8⁰. 1873. In 10 Bände eleg. gebunden 9 Thlr. 10 Sgr.
— — Gesammt-Ausgabe in 30 Bänden. 8⁰. 1873. In 15 Bände eleg. gebunden 14 Thlr.
— — — — XXI.—XXX. Band. Mit Einleitungen von E. Hermann. 8⁰. 1872. Supplement zu den ersten 20 Bänden der dritten Auflage sowie der folgenden; apart für die Käufer derselben; in 5 Bände eleg. geb. 4 Thlr. 20 Sgr.
— — — — XXI.—XXXII. Band. Mit Einleitungen von E. Hermann. 8⁰. 1872. Supplement zu den ersten 20 Bänden der ersten und zweiten Auflage; apart für die Käufer derselben; in 6 Bände eleg. gebunden 5 Thlr. 17½ Sgr.
**Körner's** sämmtliche Werke. Erste illustr. Ausgabe. 2 Bände. 8⁰ In 2 Bände eleg. gebunden 1 Thlr. 25 Sgr.
**Lessing's** Meister-Dramen. Mit Illustr. von Hoff u. A. 8⁰. 3 Theile in 1 Bd. geb. 1 Thlr. 5 Sgr., geb. m. Goldschn. 1 Thlr. 10 Sgr.
**Schiller's Werke.** Erste illustrirte Ausgabe mit Einleitungen von G. Wendt. 12 Bde. Dritte verbesserte Auflage. 8⁰. In 6 Bände eleg. gebunden 6 Thlr. 5 Sgr.

**B. Nichtillustrirte Octav-Ausgaben mit Einleitungen.**

Bürger's Werke. Herausgegeben von Eduard Grisebach. 2 Bände 8°. 1872. broch. 22½ Sgr., in 1 Band eleg. gebunden 1 Thlr.

Goethe's Hermann und Dorothea. Schul=Ausgabe. Mit Einleitung von G. Wendt. 8°. 1869. broch. 5 Sgr.

— Torquato Tasso. Schul=Ausgabe. Mit Einleitung von G. Wendt. 8°. 1869. broch. 6 Sgr.

Körner's sämmtliche Werke. 2 Bände. Mit Einleitung von E. Hermann. 8°. 4. Aufl. 1873. broch. 12½ Sgr. In 1 Band eleg. gebunden 22½ Sgr.

Lessing's Minna von Barnhelm. Schul=Ausgabe. Mit Einleitung von G. Wendt. 8. 1869. broch. 5 Sgr.

— Nathan der Weise. Schul=Ausgabe. Mit Einleitung von G. Wendt. 8°. 1869. broch. 8 Sgr.

Schiller's Jungfrau von Orleans. Schul=Ausgabe. Mit Einleitung von G. Wendt. 8. 1871. broch. 6 Sgr.

— Wilhelm Tell. Schul=Ausgabe mit Einleitung von G. Wendt. 8. 1871. broch. 6 Sgr.

**C. Miniatur-Ausgaben.**

Goethe's Gedichte. 7. Auflage. 16°. broch. 5 Sgr.

Hebel's Werke. 2 Bände. 5. Aufl. 16°. 1872. broch. 10 Sgr. einfach in 1 Band geb. 17½ Sgr., elegant in 2 Bände gebunden 24 Sgr.

Körner's sämmtliche Werke. 2 Bde. 6. Aufl. 16°. 1871. broch. 10 Sgr. einfach in 1 Band geb. 17½ Sgr., eleg. in 2 Bände gebunden 24 Sgr.

Lessing's Meisterdramen. 3. Aufl. 16°. 1872. broch. 5 Sgr.

Schiller's Gedichte. 4. Aufl. 16°. 1872. broch. 4 Sgr.